울트라맨을 위하여

울트라맨을 위하여

지은이 신보라
펴낸이 임상진
펴낸곳 (주)넥서스

초판 1쇄 발행 2025년 7월 15일
초판 2쇄 발행 2025년 7월 25일

등록 1922년 4월 3일 제311-2002-2호
주소 10880 경기도 파주시 지목로 5 (신촌동)
전화 (02)330-5500 **팩스** (02)330-5555

ISBN 979-11-94643-73-9 03810

저자와 출판사의 허락 없이 내용의 일부를
인용하거나 발췌하는 것을 금합니다.

가격은 뒤표지에 있습니다.
잘못 만들어진 책은 구입처에서 바꾸어 드립니다.

www.nexusbook.com
&(앤드)는 (주)넥서스의 문학 브랜드입니다.

울트라맨을 위하여

신보라 × 장편소설

&

우리는 처음부터,

그리고 앞으로도 영원히 이방인이었고

이방인일 것이므로.

나를 안아주세요.

나를 살려주세요.

나를 그저 사랑만 해주세요.

✦ 1

 메리 여왕이 성에서 탈출하지 못한 이유는 손이 너무 아름다웠기 때문이야. 뱃사공에게 꼼짝없이 들켜버린 거지.
 나는 메리의 말에 고개를 끄덕였다.
 그게 내가 아름다운 것들을 파괴해야 하는 이유야.
 메리가 덧붙여 말했다.
 진짜는 그 후에 남는 거거든.
 나는 대답 없이 메리의 손을 내려다보았다. 얇고 긴 손가락이었지만 작은 생채기가 많았다. 메리는 여왕처럼 꼼짝없이 들켜버릴 일 따위는 없을 것이다.
 나는 시선을 올려 메리의 옆모습을 바라보았다. 높지 않은 콧대였지만 코끝이 조금 들려있었고 코끝을 따라 시선을 더 올리면 길고 검은 속눈썹이 보였다. 그리고 항상 무언가의 너머를 보는 듯한 눈동자가 있었다. 그 모습은 이상하게 오래도록 혼자였던 사람처럼 보이곤 했다.

그건 메리 여왕과 맞물려 보이기는 한다고 생각했다. 스코틀랜드의 마지막 여왕. 모두에게 외면당하고 결국 처형을 당해버린 여왕.

이번에는 고개를 돌려 강을 바라보았다. 강의 건너편에는 높지 않은 암릉산이 있었는데, 산의 하단 부분에 검은 띠가 둘러져 있었다. 그것을 가만히 바라보고 있으면 커다란 파도가 밀려오는 듯했다.

수면이 내려갔나 봐.

내가 말하자

그러네.

하고 메리가 고개를 들며 대답했다.

좋은 징조야.

메리가 덧붙였다.

✦2

메리의 진짜 이름은 문형은이다.

✦ 3

 메리를 처음 본 날이었다.
 내가 전학 온 날, 아침 조례가 끝난 시간이었다. 메리는 교실 문 앞에 서서 반을 둥그런 시선으로 둘러보았다. 나를 발견하자 호기심으로 가득한 눈빛이 번들거렸다.
 메리는 빳빳하게 세운 제 교복의 깃을 손가락으로 만지더니 작게 웃었다.
 메리가 내 자리로 다가오고 있을 때 아이들이 수군거렸다.
 안녕. 내 이름은 메리야.
 메리의 콧잔등에 작게 주름이 져 있었다.
 나는 메리의 명찰을 쳐다보았다.
 아닌데.
 나의 말에 메리가 손가락을 입술에 갖다 댔다. 멀리서 아이들이 동시에 웃었다.
 학교 안에서의 대화는 그것이 끝이었다. 메리는 손가락을 제 입에서 떼지도 않은 채 걸음을 돌려 제 자리를 찾아 앉았다.
 지루했다. 모든 것이. 지루하다는 그 말조차도.
 심심해. 지루해. 끝이 없다. 끝이 없어.
 나는 그렇게 생각했다.

점심시간, 아이들이 테트리스의 블록처럼 틈을 채우며 무리를 지어 밥을 먹을 때, 나는 혼자였다. 메리라는 아이도 보이지 않았다.

그들은 동시에 웃고 누군가의 이름을 부르며, 끊임없이 씹고 삼키고 있었다. 나는 그들 사이를 지나 교문 밖으로 나섰다.

메리는 의외의 곳에서 나타났다. 교문 밖이었다. 메리는 너도 그럴 줄 알았다는 듯 입꼬리를 천천히 올리며 내게 다가왔다. 사탕을 입안에서 굴리고 있는 탓에 메리에게서 까드득까드득 소리와 함께 레몬 냄새가 났다.

메리의 코가 조금 부어있었다. 나는 신경 쓰지 않았다. 어차피 나와 상관없는 일이었다.

해가 머리 위에서 쏟아지고 있었다.

정오야.

메리가 턱을 치켜들어 하늘을 바라보며 말했다. 나도 메리를 따라 턱을 치켜들었다. 수채 물감을 희석해 놓은 싸구려 물통 속 같았다.

정오?

응. 빛이 가장 밝은 시간.

그러니?

빛이 가장 밝을 때, 그림자도 가장 짙은 법이거든.

메리가 키득키득거리며 말했다.

아주 무의미한 시간이지.

메리는 독백이라도 하듯 계속해서 말을 이어나갔고, 나는 그저 고개만 끄덕일 뿐이었다.

아이들은 무시해.

메리가 손부채질하며 말했다. 나는 메리를 바라보았다. 메리의 눈 아래 제 속눈썹이 만든 길고 짙은 그림자들이 보였다.

무시할게 뭐가 있니?

나는 그 그림자에서 눈을 떼지 않은 채 대답했다. 어차피 그 아이들의 목표는 내가 아니란다. 나는 속으로 말을 삼켰다.

좋은 징조야. 그런 마음.

메리가 기분 좋은 웃음을 내비쳤다.

우리는 나란히 걷기 시작했다. 목적지는 없었다.

일단 가자.

메리의 말에 나는 메리의 속도에 맞춰 걸었다. 메리가 오른쪽으로 돌면 오른쪽으로 돌았고 왼쪽으로 돌면 다시 왼쪽으로 방향을 바꾸는 식이었다.

내가 좋은 곳을 알거든.

메리가 말했다.

십 분만 걸어도 목덜미로 땀이 흘러내렸다. 날씨 탓이었다.

높은 건물이 없어서 그랬다. 햇빛을 막아주는 것은 암릉산뿐이었다.

메리가 알고 있다는 좋은 곳은 암릉산 아래 강이었다. 길은 암릉산을 빙 둘러 나있었지만, 메리는 그 길을 가볍게 무시했다. 암릉산 아래로 가기 위해서는 절벽 같은 언덕을 타고 내려가야 한다고 했다.

녹이 슨 안내판에는 '출입 금지 구역', '산짐승 출현'이라고 쓰여 있었지만, 메리는 상관하지 않는 듯했다.

메리가 한 걸음 더 내려간 채로 내게 손을 내밀었고 나는 그 손을 꼭 잡았다. 메리의 손은 뜨거웠고 발바닥 아래에서 흙이 자꾸만 바스러졌다.

메리와 나는 언덕을 내려가 강가에 도착했다. 이름을 알 수 없는 긴 풀들이 많았다.

몸을 숨기기도 좋아. 여기에 있으면 초식동물이 된 것 같거든.

메리가 풀 속으로 들어서며 말했다.

맨살에 기다란 풀의 끝이 닿을 때마다 따끔거렸다. 그럴 때마다 메리의 손을 다시 한번 잡았다.

더 이상 넘어가면 안 돼.

메리가 말했다.

왜?

다 각자의 영역이 있거든.

네가 고양이야?

내 물음에 메리는 '야옹' 하고 맞장구쳤다.

우리는 나란히 강을 바라보며 앉았다. 강은 푸른색이 아닌 녹색에 가까웠다.

대개 강의 색깔이란 그런 것이었다. 푸르게 빛나는, 새하얀 포말이 툭툭 터지는 곳이란 강이 아니었다. 강은 이끼와 함께 수많은 부유물을 삼키는 색이었다.

물고기가 수면에 가까워질 때면 강의 표면이 잠시 흔들렸다. 나는 그것을 멍하니 바라보며 생각했다. 낚아채고 싶다. 저것을 낚아채고 싶다.

너를 보았을 때 직감적으로 나의 반려라고 생각했어. 너는 나와 아주 완벽히 닮았거든.

메리가 그렇게 말했을 때 멀리서 새의 큰 날갯짓 소리가 들렸기 때문에 나는 메리의 말을 정확히 알아들을 수 없었다.

저 새는 뭐야?

나는 메리의 말을 무시한 채 물었고 메리는 나의 시선을 따라 턱을 치켜들었다.

독수리일걸? 저렇게 큰 새는 독수리밖에 없어.

독수리?

응. 독수리. 엄청나게 크잖아.

그럴 리가.

정말이야. 정말. 내가 바로 앞에서 본 적이 있어.

메리의 말이 사실이라면 나도 독수리를 보고 싶었다. 한 집단의 포식자. 한 집단의 최고 권위자. 누구든 물어뜯어 버릴 수 있는 그런 맹수를 내 눈으로 한번 보고 싶었다.

독수리의 날개가 왜 큰 줄 아니?

메리가 물었다.

글쎄.

저 큰 날개의 힘으로 신들이 사는 곳까지 이끌어준대. 펄럭펄럭.

정말?

그럴걸?

그거 정말 훌륭하다.

나는 감탄했다.

✦ 4

메리는 자신의 이름을 메리라고 지은 이유에 관해 설명했다.

메리는 어감이 좋잖아. 메리 여왕도 있고. 그리고 크리스마스에도 메리가 붙거든. 메리 크리스마스.

메리는 그 말을 하고는 산타클로스처럼 호탕하게 웃었다.

너는 베리 어때? 내가 메리이니까.

베리?

응.

싫어.

왜?

그냥. 촌스러워.

그럼 뭐라고 불러야 하지?

내 이름으로 부르면 되잖아.

그건 재미없잖아.

메리가 호호호 하고 웃었다.

메리는 문형은이라는 이름이 너무 꽉 차 있다고 했다. 비집고 들어갈 틈이 없을 만큼 모든 글자에 받침이 들어가 있다고.

그래서 내 인생이 이렇게나 답답하고 갑갑한 것이 아닐까?

메리가 울적한 목소리로 말했다.

나는 무어라 대답할 말을 고르다 결국 그만두었다. 우주. 우주라는 이름에 대해서 생각해 본 적이 있었던가.

나의 부모는 곧잘 올려다보는 사람들이었다. 눈부신 것이라면 무엇이든지 올려다보고, 또 올려다보고. 그러다 보면 그곳에

닿기라도 할 것처럼.

하늘 너머까지. 우주까지. 그렇게 나를 바라보고는 했었다. 내가 정말 우주인 것처럼. 우주로 이루어진 사람인 것처럼.

하지만 우주에는 소리가 없어, 공기가 없어, 아무것도 없어 닿지 못할 것이다. 나는 기척도 없는 우주 속에 완전히 사라져 버릴 운명일지도 모른다.

그런 생각을 하자 나는 다시 지루해졌다.

그럼 너는 뭐가 재미있니.

방금 메리의 말을 떠올리고는 물었다. 메리는 꽤 심각한 얼굴로 고민하기 시작했다.

음. 고양이 조르기.

메리가 갑자기 생각났다는 듯 고개를 쳐들며 대답했다.

고양이 조르기?

응.

그게 뭐야.

말 그대로야. 고양이를 발견하면 뛰어가서 고양이의 꼬리를 꽉 조르는 거지.

왜?

왜긴. 재밌잖아.

메리가 바람 빠지는 소리를 내며 대답했다. 정말 그것도 모르

나는 표정을 짓고 있었다.

아기 고양이는 꼭 이제 피어나는 풀 같거든. 잔뜩 부풀었다가 다시 아주 조그맣게 쪼그라들지.

그럼 고양이가 아프잖아.

나는 잔뜩 부푼 코숏 고양이의 꼬리를 움켜쥐는 상상을 하며 얼굴을 찌푸렸다.

세상에 태어나서 한 번도 고통스럽지 않은 채로 살아가는 생물은 존재하지 않아. 없다면 만들어줘야 할 만큼. 나는 이 세상의 모든 고양이를 조를 거야.

메리는 꼭 자신이 대단한 철학자라도 된 듯 말했다.

너도 아프니?

하고 내가 묻자

조금.

하고 메리가 제 코끝을 손등으로 비비며 대답했다.

✦5

우리가 '안녕' 하고 손을 흔들며 인사하기 전까지 메리의 코는 갓 구운 빵처럼 부풀어있었다.

6

메리가 두 번째로 좋아하는 곳은 환락송이었다. 우리는 일주일에 네 번 환락송에 갔다.

환락송의 주인은 정심 아저씨였는데 그는 노래방의 이름과 달리 언제나 우울해 보였다. 네온사인이 한 글자씩 늦게 깜빡이는 환락송에는 손님이 없었다.

정심 아저씨는 우리를 붙잡고 중국에 있는 엄마가 언제나 그립다고 말했다.

우리 엄마 불쌍해. 우리 엄마 자꾸 혼자야.

나는 아저씨가 그 말을 할 때마다 아저씨가 더 불쌍해 보였다. 불쌍하고 자꾸 혼자인 사람은 본인이면서. 아저씨는 환락송의 이방인이구나.

내가 정심 아저씨를 좋아하는 이유는 늘 우리에게 단팥빵을 하나씩 준다는 것이었다. 우리는 단팥빵을 건네받고 육천 원을 냈다. 꼭 단팥빵 가격이 육천 원 같았다.

사람이 두 명인데 왜 자꾸 하나만 주는 거니.

글쎄.

메리의 말에 나는 단팥빵을 반으로 쪼개어 건넸다. 빵은 언제나 부드러웠다. 그 말은 쉽게 부서진다는 것과 같은 말이었다.

이런 것 말고 달콤한 걸 먹고 싶어. 이빨이 시릴 정도로 달콤한걸. 레몬 사탕 같은 거 말이야.

메리는 우울해 보였지만, 입을 크게 벌려 단팥빵을 한 입 베어 물었다.

팥은 달지 않고 고소했다. 팥은 조금 짓눌린 상태로 앙금 속에 박혀 있었다. 팥의 껍질이 자꾸 입안에 달라붙었다.

나는 입안에 붙은 팥 껍질을 떼어내기 위해 혓바닥을 굴리면서 4번 방으로 들어섰다. 노래방의 가장 끝 방이었다.

나는 테이블 위에 놓인 리모컨을 들어 단숨에 네 개의 버튼을 눌렀다.

화면 위로 노래 제목이 휙 하고 지나갔다.

나는 앞으로 걸어 나가며 메리를 돌아보았다. 메리는 신발을 벗지도 않고 탁자 위에 한쪽 무릎을 세워 앉아 있었다. 여전히 얼굴을 구기고 있는 채였다.

또 저 노래야? 진짜 늙은이 같아.

메리가 말했다.

신발이나 벗어.

내가 대꾸했다.

빠른 비트와 신시사이저 소리가 싸구려 스피커에서 나오기 시작했다. 나는 몸을 좌우로 흔들었다.

등 뒤에서 탬버린 소리가 들렸다. 메리는 박치다. 제멋대로 탬버린을 흔들었다. 언젠가 박자를 타는 법을 가르쳐주어야겠다고 생각하면서 나는 노래를 부르기 시작했지만, 자꾸만 엇박자의 탬버린 소리가 거슬려 박자를 놓쳤다.

나는 노래를 멈추고 뒤를 돌았다. 그리고 자세를 고정한 채 손에 쥔 탬버린만 흔들고 있었다.

그만 좀 해.

왜?

메리는 고개를 갸우뚱했다.

너무 거슬려. 너는 리듬감이 전혀 없잖아. 내가 노래를 부를 수가 없어.

왜?

짜증 나.

메리가 그제야 와하하 웃었다.

나는 결국 취소 버튼을 눌렀다.

그런데 가사가 슬프다.

메리가 말할 때마다 메리의 손에 들려있는 탬버린이 조금씩 흔들리며 소리를 냈다.

슬픈 노래 같은 건 부르지 마. 무섭단 말이야.

메리는 한껏 우울한 표정을 지으며 리모컨을 들어 숫자를 입력했다.

나는 메리의 말을 이해해 보려 했지만, 도무지 알 수 없었다. 메리가 시작 버튼을 눌렀을 때 곧장 귀가 찢어질 듯한 조악한 사운드가 들렸다.

네가 더 늙은이 같아.

내 말에도 메리는 신경 쓰지 않았다. 눈을 감고 마이크를 쥐지 않은 손을 천장을 향해 뻗었다.

메리는 만화 속에 나오는 울트라맨처럼 웅장한 포즈를 취했다. 메리의 모습은 곧장 날아갈 것 같았고 그건 우습지 않고 웃겼다.

✦ 7

우리는 천천히 도천동을 향해 걸었다.

도천동에는 아파트 단지가 하나 있었다. 그곳은 또 두 집단으로 분리되었는데 1동과 2동은 매매 단지였고 3동은 임대아파트 단지였다.

나는 1동에 살았다. 학교 친구들은 대개 1동과 2동에 살았다.

메리는 임대아파트에 살았지만, 매번 나와 함께 1동의 입구로 들어섰다. 메리의 걸음은 주저하지 않았다.

아이들은 단지 안에서 웃고 소리 지르며 살았다. 임대아파트에 사는 아이들도 그랬다. 대신 혼자 있을 때는 등을 잔뜩 움츠리고 가방을 조금 더 당겨 멨을뿐이었다.

그러면 모두가 알아차려 버린다니까.

나는 등을 움츠리고 가방을 꼭 껴안고 걸어가는 아이의 뒤통수에 대고 중얼거렸다. 비밀을 가지고 있는 아이들의 등은 모두 똑같은 모습으로 굽어 있었다.

임대아파트에서 가장 꼿꼿한 사람은 메리의 엄마인 곽태주 씨였다.

곽태주 씨는 등을 조금도 굽히지 않고 긴 체인 줄이 달린 작은 가방을 들었다. 기분이 나쁘면 누군가의 머리를 쥐어뜯었고 그 대상은 어른이든 아이든 상관하지 않았다. 곽태주 씨의 손아귀에 잡힌 사람이라면 누구든 왼쪽에서 오른쪽으로, 다시 오른쪽에서 왼쪽으로 흔들렸다. 모두가 똑같았다. 곽태주 씨 앞에서는.

그럴 만한 것이 곽태주 씨는 풍채가 좋았다.

백칠십이 넘는 키에 족히 구십 킬로그램은 되어 보였다.

언젠가 메리가 했던 말을 기억했다.

우리 아빠를 잡아먹고 살았으니까 그렇게 살이 찌는 거야. 우리 아빠의 몫을 전부 다 먹어치워 버렸다니까.

　나는 늙은 남자의 허벅다리를 물어뜯는 곽태주 씨를 상상하고는 했다. 그럴 때면 메리가 다시 정정해 주었다.

　설마 진짜 잡아먹는 걸 상상하는 건 아니지?

　메리가 흐흐 웃었다.

　아니야.

　그래. 엄마는 우리 아빠의 목숨을 잘근잘근 씹어 먹은 거야.

✦8

　3동을 빠져나오기 전, 직사각형의 복합 상가가 있다. 그것은 멀리서 보면 납작한 선물 상자처럼 보였다. 선물 상자를 열면 달콤하고 따뜻한 것들이 가득 쏟아질 것만 같았다. 낭만 상가였다.
　낭만 상가 앞에는 쪽머리를 한 할멈이 과일을 팔았다. 붉은 소쿠리에 차곡차곡 과일을 쌓았다. 햇볕을 쬔 과일들이 묘하게 발효된 단내를 풍겼다. 상가를 지나치는 엄마들이 가끔 고개를 돌려 할멈을 쳐다보았다. 그렇게 할멈 덕분에 낭만 상가에는 늘 달콤한 냄새가 났다.
　과일을 사 간 엄마들은 하나같이 씩씩거리며 할멈에게 돌아왔다. 그들은 비닐봉지를 뜯어낼 듯 움켜쥐고는 할멈에게 과일을 집어 던지고는 했다.

할멈은 대답하지 않았다. 반응하지 않았다. 그저 바닥을 굴러다니는 과일을 주워들었다. 납작해진 복숭아와 곪아버린 사과 같은 것. 할멈은 그것들을 다른 소쿠리 아래에 쩔러 넣었다. 할멈의 소쿠리 위에는 언제나 맨들거리는 과일이 있었다. 할멈은 여전히 과일 부자였다. 달콤함이란 언제나 곁에서만 풍기기 마련이다.

과일이 쌓여있는 것처럼 건물은 크기에 비해 많은 상가가 들어서 있었다.

제일교회가 4층에 있었고 그 아래는 볼링장이 있었으며, 지하에는 피아노 연습실이 있었다. 2층은 비디오감상실이었는데 촌스러운 개나리색 간판에 '100 스크린. 시네 21'이라는 글자가 작게 프린팅되어 있었다. 나머지는 임대 현수막이 걸려 있었다.

간판들은 건물 벽을 따라 층수대로 나열된 채 중앙이 볼록하게 휘어있었다. 그 탓에 오른편에서 건물을 바라본다면 '비디오감상실'의 글자는 '오감상실'로 읽혔다.

어른들은 저녁이 되면 무리를 지어 볼링장으로 향했고 아이들은 같은 시간 전부 피아노를 쳤다. 모두가 들어갈 수 있는 공간은 교회였다.

교회야말로 완벽한 선물 상자로 걸맞았다.

그곳에는 항상 음악 소리가 들렸고 따뜻한 음식 냄새가 풍겨 나왔다. 찬송가를 연주하는 누군가의 가느다란 손가락에는 작은 생채기도 없을 것 같았다. 그들은 주말마다 교회를 찾는 사람들과 할멈에게 날씨와 계절에 맞춰 음식을 나눠주기도 했다.

달콤한 냄새가 나.

메리가 말했다.

그러네.

내가 대답했다.

그런 빵을 먹고 싶어. 지금 당장.

메리가 입맛을 다시며 말했다.

나는 언젠가 먹은 슈톨렌을 기억했다. 크리스마스를 앞두고 아버지가 받아 왔던 빵. 단정한 빵칼 대신 커다란 주방 가위를 들고 세 사람의 몫으로 잘라 나누던 그 빵. 새하얀 눈이 쌓인 듯한 빵. 메리의 말처럼 이가 시릴 만큼 달콤한 빵. 지나치게 달콤하면 항상 고통이 따랐다. 나는 슈톨렌을 오래도록 녹여 먹었다.

어느 날부터 교회는 조용해졌다. 더 이상 음식 냄새가 풍기지 않았다. 선물이 가득 담긴 상자를 탈탈 털어 빈 포장지만 남은 듯했다. 도천동에 학교보다 더 커다란 교회가 새로 생겼다. 사람들은 모두 그곳으로 향했다. 덴마크의 디저트를 팔고 낭만 상가만큼 커다란 강단이 있는 그곳으로. 할멈도 이제 그곳에서 과일을 팔았다.

낭만 상가 입구 계단을 오르기 전 귀퉁이에는 작은 게임기 두 대가 놓여 있었다. 이미 오래전에 사용되다가 버림을 받은 유물처럼 조이 스틱이 오른쪽으로 휘어진 채 멈춰있었다. 화면에는 어떤 스코어도 뜨지 않았다.

아이들은 더 이상 게임기를 놀이로 대하지 않았다. 이제 게임기의 사용법은 하나밖에 없다. 아랫부분이 그 방법을 증명하기라도 하듯 사람들의 발에 채여 움푹 들어가 있었다.

낭만 상가로 들어서기 전 우리는 계단에 나란히 앉았다.

비디오감상실은 곽태주 씨의 것이었다. 학교가 끝나 아이들이 모두 피아노 연습실로 갈 때마다 메리는 비디오감상실로 향했다.

메리가 있어야 곽태주 씨는 밥을 먹고 잠을 자고 남자를 만나고 꿈을 꿀 수 있었다. 메리는 항상 낭만 상가에 다다르면 게임기를 있는 힘껏 발로 걷어찼다.

나는 소리가 많은 그곳이 좋았다. 피아노보다는 볼링을 쳐보고 싶었다. 어차피 온 힘을 다해 치는 행위는 똑같으니까.

피아노 학원은 고상한 엄마를 가진 아이들이나 다니는 곳이다. 나는 아름다운 선율이 아니라 굉음과 함께 열 개의 핀이 동시에 쓰러지는 모습을 보고 싶었다. 중요한 것은 동시에 쓰러지는 것.

그거 알아?

내가 묻자 메리는 제 발끝을 흔들거리며 고개를 나를 향해 돌렸다.

볼링 핀은 원래 악마의 상징이었대.

악마?

나무 조각을 세워두고 공을 굴리는 거야. 나무 조각이 쓰러지면 악마가 퇴치된다는 거지.

그런 게 있어?

응.

그럼 당장 볼링장에 가자. 악마를 없애러.

메리가 주먹을 쥐며 말했다.

볼링장은 어른들만 가잖아.

왜?

아이들이 들어간 것을 본 적이 없어.

그럼 우리가 처음으로 들어가 보면 되지.

나는 눈동자를 굴리다 고개를 저었다.

가자.

메리가 채근했다.

다음에.

이번에는 메리가 고개를 끄덕였다.

그럼 안녕.

메리가 내게 인사했다.

안녕.

나도 인사했다.

✦9

나는 학교가 싫다. 악마들이 우글우글 모여있는 곳. 깨끗하게 다려진 교복을 입은 아이들이 있는 곳.

학교는 시끄러웠고 여자아이가 한 명이라도 있는 곳에는 언제나 그렇듯 추문이 따랐다.

보통 추문은 인기 많은 여자아이나, 고백에 차여서 앙심을 품은 남자아이의 입에서 나오지만 정반대로 우중충한 냄새가 나는 등이 굽은 아이들에게서 시작되기도 했다.

이번에는 누군가의 자랑이 있었다.

그 누군가는 3학년의 선배였다가 2학년의 동갑내기였다가 선생이었다가 다시 3학년의 선배로 바뀌었다. 그는 비디오감상실이 죽인다고 말했다.

죽여줘. 정말. 안에서 전부 다 그 짓거리를 하고 있었다니까. 소리를 가장 작게 줄여두면 옆방에서, 그다음 방에서, 그 다음 다음 방에서도 전부 그 짓을 하는 소리가 들려. 휴지통에 휴지가 가득하고 콘돔이 다섯 개는 뭐야, 적어도 열 개는 되었을 거야. 그런데 웃기는 게 그곳을 나올 때 우리 학교 교복을 입고 있는 애를 봤다는 거지. 정말 그곳은 오감을 상실한다니까.

그 추문은 메리에게로 귀결되었다.

항상 교문 밖으로 사라지는 아이. 레몬 사탕의 냄새를 잔뜩 풍기는 아이. 그리고 비디오감상실의 딸인 아이.

중학생이 감당하기에는 어려운 추문을 메리는 신경 쓰지 않았다. 메리는 그저 한 번 더 도서관으로 향할 뿐이었다. 도서관에서 돌아온 메리에게는 항상 레몬 냄새가 났고 그런 모습은 아이들의 눈에 거슬리기 충분했다.

아이들에게는 규칙이 있었다. 그것은 이미 형성된 사회라면 응당 가지고 있어야 할, 하지만 문명사회와는 조금 다른 규칙이었는데 무슨 행위에서든 아이들에게는 만족이 따라야 한다는 것이었다.

정의는 너무 거대했고, 행복이란 존재하지 않았으니 만족이 가장 적당했다.

하지만 메리는 아이들을 만족시키지 못했다. 아니, 만족시키지 않았다. 울지 않았고, 엎드려 있지 않았고, 소리 지르지도 맞서 싸우지도 않았다. 메리가 하고 있는 것은 따분한 표정으로 그저 가만히 있는 것이었다.

아이들은 교묘하게 메리를 괴롭히기 시작했다. 만족하기 위해서. 메리의 따분함이 모욕적이라는 듯이.

메리가 복도를 지나갈 때면 누군가 이유 없이 낄낄 웃음을 터트렸고 누군가는 아버지 없이 자란 소녀의 결말을 보라며 조롱하였고 누군가는 메리의 서랍 속에 콘돔을 넣어두고는 했다.

유치해.

메리는 교문을 나와 걸으며 말했다. 메리의 손에 콘돔이 들려 있었다.

그러게.

나는 메리의 손에서 콘돔을 뺏어 포장지를 부욱 찢었다. 그 안에는 미끄덩하고 동그란 고무가 들어있었다.

누가 뱉어놓은 가래 같아.

내가 말했다.

나의 농담에도 메리는 웃지 않았다.

전부 다 엄마 때문이야.

메리는 말했다.

순간 나는 엄마라는 단어에, 입속까지 파도가 들이닥친 것처럼 짠맛이 느껴졌다.

✦10

메리는 곽태주 씨에 대한 복수극을 계획했다.

어떤 복수?

라고 묻는 내 말에

우리 엄마가 아주 좋아하는 게 있거든.

메리가 대답했다.

보여줄까?

메리는 나의 거절이 무색하게 내 팔목을 잡아끌었다.

메리가 오랜만에 활기차 보였다.

나는 그 복수가 정말로 누구를 향한 것인지는 알 수 없었지만 메리를 따라갔다.

우리는 암릉산을 둘러 이어진 좁은 길을 걸었다. 강이 보이지 않아도 강의 냄새는 선명했다. 냄새란 절대로 숨길 수 없으니까. 나는 알고 있다.

이곳을 지나갈 때면 꼭 물고기가 된 것 같아.

메리가 중얼거렸다.

물고기로 사는 것도 나쁘지 않지.

내가 대답했다.

꼭 살아본 것처럼 이야기하네.

메리의 말에 나는 웃었고 메리도 나를 따라 웃었다.

언제 바늘에 걸려서 물 밖으로 끌려 나갈지도 모르잖아.

메리의 목소리가 금세 울적하게 바뀌었다.

그럴지도.

무섭지 않아?

음. 그런데 바늘을 물지 않으면 되잖아.

네가 물고기라고 생각해 봐. 아주 맛있는 게 눈앞에 둥둥 떠다니면 물어보겠니, 안 물어보겠니.

그래도 바늘이라면 피하지 않을까.

멍청아. 바늘이 그 맛있는 미끼 속에 있는지 걔네들은 모르잖아.

메리의 말을 듣고 나는 고민했다.

그럼 상승하고 있는 기분이 들지 않을까? 잠시나마 아주 기분이 좋아지는 거지. 꼭 롤러코스터처럼.

롤러코스터는 타봤니?

아니.

그럼?

어쨌든, 알 것만 같아. 한 번에 휙.

나는 오른팔을 들어 메리 앞 허공을 가르듯 휘저었다.

한 번에 휙.

우리는 평소보다 빠르게 낭만 상가에 도착했다. 메리는 처음으로 게임기의 밑동을 발로 차지 않고 계단을 올랐다.

메리는 가방에서 묵직한 열쇠 뭉치를 꺼냈다.

열쇠 구멍이 너무 높이 있었다. 메리는 복도 구석에 세워둔 커다란 화분을 끌고 왔다. 검은 플라스틱 화분은 누구도 돌보지 않은 듯 바짝 마르고 검은 흙으로 채워져 있었다. 화분의 바래진 색깔보다 더 탁한 색이었다. 그 중심에는 이미 뽑혀버린 줄기의 흔적이 남아 있었다.

메리는 그 화분을 밟고 올라섰다.

메리가 열쇠를 쥔 손을 돌리자 '턱' 하고 잠금장치가 풀리는 소리가 났다. 메리가 가뿐하게 검은 흙에서 내려왔.

비디오감상실은 어둡고 단순한 구조였다.

유선형으로 휘어진 디귿 모양의 카운터가 있었고 맞은편에는 작은 텔레비전이 벽 모서리에 달려 있었다. 메리는 리모컨을 들어 텔레비전을 켰다. 리모컨의 속도보다 한 박자 늦게 켜지는, 뒤통수가 묵직하게 튀어나온 텔레비전이었다.

텔레비전의 화면이 켜졌지만, 소리는 나오지 않았다.

소리가 없어?

내가 물었다.

이것 말고도 이곳에는 소리가 아주 많거든.

메리가 대답하는 동시에 화면에는 오렌지색 단발머리를 한 소녀가 잠깐 스쳐 지나갔다.

나는 시선을 돌렸다. 건너편에는 커다란 창문이 나 있었는데 셀로판지로 창을 모두 가려놓은 탓에 어스름했다. 다만, 창 아래쪽 귀퉁이에 손바닥만 한 구멍이 나 있어 그곳으로 햇살이 칼처럼 새어 들어오고 있었다. 꼭 어딘가에 닿고 말겠다는 의지 같이.

메리가 손가락으로 그곳을 가리켰다. 해가 정확하게 화분을 겨누고 있었다.

긴기아난이야. 이름도 이상해.

메리가 말했다.

화분에는 좁고 길쭉한 잎이 가득했고 그 사이사이 아이의 하얀 손가락 같은 꽃들이 바닥을 향해 자라고 있었다.

그건 정말 아름다웠다.

바닥을 향해서 자라고 있어. 그것도 이렇게 황홀한 냄새를 풍기면서.

메리가 나의 말에 웃음을 터트렸다. 나는 메리를 쳐다보았다.

그래. 아주 황홀한 냄새가 나. 그런데 웃기는 게 뭔지 알아? 이 냄새는 해가 떠 있을 때만 풍기거든. 엄마는 이 꽃을 그렇게 아끼면서도 이 꽃의 냄새를 맡을 수가 없다는 거지.

나는 복도의 검은 화분을 떠올리면서도 긴가아난 가까이에서 다시 코를 박고 킁킁거렸다.

이렇게 강한 냄새가 나는 건 마치 온 힘을 다해 냄새를 모으고 있다가 순식간에 전부를 내뱉는 것처럼 느껴졌다. 한 번에 휙 하고.

그래서?

응?

그래서 이걸 어떻게 한다는 거야?

메리가 슬며시 웃었다.

이제 이걸 서서히 죽여버리는 거지. 엄마가 알아차릴 수 없게.

메리의 말에 나는 순식간에 울적해졌다.

알아차릴 수 없는 죽음이라니. 나는 나의 엄마를 떠올렸다. 천천히 죽어가는 것. 그것만큼 명확하고 명징한 일은 없었다. 아주 사소한 것까지 온몸으로 느껴지는 일이었다.

메리의 복수는 정말 엄마를 향한 것인가, 자신을 향한 것인가. 어쩌면 세상을 향한 것일지도 몰랐다.

나는 긴기아난을 다시 쳐다보았다. 바닥을 향해서 기꺼이 기울어질 수 있는 그 식물을.

✦ 11

나의 엄마는 말라가는 식물처럼 보였다.

처음에는 입술이 갈라졌고, 핏줄이 붉게 보였다. 엄마의 핏줄은 자라나는 뿌리처럼 깊게 번져갔다. 얼굴에서 목덜미로, 또 손등으로. 그것들이 진해질수록, 더 많이 번져갈수록 엄마의 몸이 투명해지는 것만 같았다. 그 핏줄을 따라 엄마의 몸속에는 무엇이 흐르고 있을까.

엄마를 바라보고 있으면 항상 까끌까끌한 모래를 한 줌 쥐고 있는 것 같았다.

창문을 활짝 열고 바람이 방 안으로 들어올 때면 나는 바람이 엄마의 몸을 옮겨주기를 바랐다. 어느 곳이든 상관없었다. 그러면 엄마는 어디에 도착하게 될까. 지옥일까 낙원일까.

애초에 사람은 어디로든 도착할 수 없다. 지옥이든 낙원이든 도착점이 아닌 방향일 뿐이었다.

나의 엄마가 할 수 있는 말은 단 하나였다. 엄마는 자주 물을 달라고 말했다. 하지만 엄마의 입에서 나온 말들은 완성되지 못한 채 '우우' 하고 부서질 뿐이었다. 온전한 형태로 닿을 수 없었다.

입속을 통과하지도 못한 발음으로 고작 '우우'라는 말이 엄마의 목 부근에서 울리고 있었다. 그건 말이라기보다는 아주 사소한 진동이다. 엄마는 그 진동을 통해서 무슨 말을 걸고 있을까.

엄마는 식물의 특성과 닮아있었다. 엄마는 시간이 지날수록 식물과 다르지 않았다.

엄마는 식물인간이 아니다. 그냥 식물이다.

바닥 깊숙이 뿌리를 내리고 사는 식물.

나는 가끔, 아주 가끔 엄마가 누워있는 방 가득 물을 채우고 싶은 기분이 들었다. 하염없이 마실 수 있도록. 갈증을 느낄 틈도 주지 않은 채 그토록 찾고 있는 차가운 물속에 깊이, 깊이 잠길 수 있도록. 푹푹 빠질 수 있도록.

이 세상과 무관한 깊이로 자랄 수 있게.

그럴 수 있다면, 나는 엄마를 더 쉽게 이해할 것만 같았다.

✦ 12

메리는 카운터 뒤편으로 들어섰다.

여기가 사무실이야.

그 말투에는 어른을 흉내 내는 익살스러움이 실려 있었다.

열린 문틈으로 흘끔 엿본 사무실은 책상도 서류도 없는 잡동사니가 쌓인 창고일 뿐이었다.

메리가 가지고 나온 것은 종이컵이었다. 종이컵에 물을 가득 채우고 락스를 몇 방울 떨어뜨렸다고 덧붙여 말했다.

아주 조금이면 돼. 정말 아주 조금.

메리는 스멀스멀 새어 나오는 웃음을 참지 못하겠다는 듯, 혹은 참을 생각조차 하지 않는다는 듯 입꼬리를 활짝 끌어당겼다.

메리는 창문으로 걸어갔다. 그리고 화분 위로 종이컵을 기울였다. 전부를 붓지는 않았다. 아무도 눈치챌 수 없을 만큼. 아주 조금. 하지만 분명히 무언가를 망가뜨릴 수 있을 만큼의 양을 부었다.

뭐 하는 거야.

내가 말하자

물 주잖아. 물.

이죽거리며 메리가 대답했다.

내가 뚫어지라 쳐다보고 있자, 메리는 나를 보고 '왜?' 하고 묻는 듯한 표정을 지었다. 정말 단순히 궁금하다는 듯이. '왜? 뭐가 잘못됐어?' 하고.

중요한 건 만족스럽지 않아야 된다는 거지. 지금 당장은 말이야.

메리가 말했다. 그 의미는 천천히 죽어가는 과정을 매일 들여다보겠다는 것이었다.

메리는 아무 일도 없었다는 듯 평온한 얼굴로 다시 내게 걸어왔다.

엄마는 여섯 시쯤 돌아올 거야.

메리의 말에 나는 의아한 기분이 들었다.

그게 복수니?

응?

고작 그걸로 복수한다는 거니?

그러면?

머리통을 갈겨버리거나. 뭐.

우리 엄마를?

아닌가.

미쳤니?

농담이야.

메리와 나는 나란히 카운터 안으로 들어갔다. 몸이 간신히 들어갈 정도의 좁은 공간에 긴 의자가 놓여 있었다. 우리는 시소를 타는 아이들처럼 양쪽에 떨어져 앉았다. 한 사람만 움직여도 양쪽에서 삐걱삐걱 소리가 났다. 두꺼운 가죽 방석이 깔려 있었는데 조금이라도 잡아당기면 '부욱' 하고 뜯겨버리는 낡은 가죽이었다.

원래 사소한 것을 잃어버리는 게 가장 마음이 아픈 거야.

메리는 손톱 거스러미를 뜯듯이 가죽을 조금씩 뜯어내며 말했다. 책상 위는 이미 뜯어버린 가죽 조각들로 가득했다.

메리의 시선은 텔레비전에 고정되어 있었다.

그래도 생명이잖아.

내가 말했고

자꾸만 살려낸들 뭐 하죠. 어차피 또 망가뜨릴 거면서.

메리는 교과서를 읽듯 일정한 억양으로 미끈하게 대답했다.

나는 메리를 따라 텔레비전으로 시선을 옮겼다. 메리가 했던 말과 똑같은 자막이 화면 아래에서 나오고 있었다. 여전히 오렌지 머리 소녀가 휙휙 지나가고 있었고 나는 오줌이 마려웠다.

나 오줌 마려워.

내 말에 메리는 시선을 오렌지 머리 소녀에게 고정한 채 턱짓으로 화장실을 가리켰다.

나는 좁은 복도를 따라 걸었다. 어둡고 축축한 복도였다. 당장 누가 뒤에서 내 머리통을 후려쳐도 이상하지 않을 만큼.

화장실은 복도 끝에서 저 홀로 환히 빛나고 있었다. 그 빛은 이 복도와 어울리지 않았다.

나는 천천히 걸었다. 양옆으로 닫힌 방문이 늘어서 있었고 그 위에는 숫자가 새겨져 있었다. 4번 방과 5번 방을 지나쳤다. 6번 방과 7번 방을 지나쳤다. 똑같이 생긴 방문들을 지나치자 어제도 이 길을 걸었던 것 같은 착각이 들었다. 모르겠어. 악몽이라도 꾸는 기분이야. 영원히 끝나지 않을 그런 꿈 말이야.

8번 방문이 활짝 열려 있었다.

나는 짐승의 목구멍처럼 열린 방문 앞에 멈춰 섰다.

이런 것이 어둠이구나.

나는 중얼거렸다.

아무런 빛도 나오지도, 들어서지도 않을 어둠.

어둠이란 구멍과 비슷했다. 텅 비어 있는 건지, 꽉 차 있는 건지 알 수 없는 상태.

메리는 이 어둠 속으로 아무렇지도 않게 들어왔겠지. 수백, 수천 번을 그렇게 들어왔을 메리를 떠올리자 나는 조금 슬퍼졌다. 어쩌면 메리와 나는 같은 세상에 살고 있는 것일지도 모른다고 생각하면서.

나는 자꾸만 방 안으로, 더 깊숙한 곳으로 걸음을 옮기고 있었다. 전혀 익숙해지지 않는 어둠이었다.

나도 오랫동안 어둠과 함께 있었는데.

나는 다시 중얼거렸다.

이런 것이 정말 어둠이구나.

방 안의 공기가 안개처럼 아래로 자꾸 아래로 가라앉는 듯했다. 공기 속에는 강물보다 더 비린 냄새가 섞여 있었다.

나는 방의 벽을 손바닥으로 짚었다. 벽을 따라 방을 돌기 시작했다. 왼쪽에서 오른쪽으로. 꼭 시계 방향으로. 시간이 흘러가는 곳으로.

나는 계속해서 빙글빙글 돌았다. 가만히 멈춰 섰을 때는 벽이 된 기분이었다.

✦13

싸구려 소품들로 가득한 화장실은 꼭 무대 위 같았다. 금박이 벗겨진 세면대와 어디서 본 듯한 조각상의 그림이 들어간 액자. 그리고 온통 오렌지빛의 공간이었다.

오렌지색 빛을 내는 전구가 아니었다. 백열등에 오렌지색 시트지를 덮어씌운 탓에 탁하고 과장된 색이었다. 마치 머리 위에서 붉은 물고기 떼가 헤엄치고 있는 것 같은 착각이 들었다.

나는 가만 눈을 감았다.

수평선 너머 저 멀리 석양이 지고 있다. 온통 주황빛이다. 눈을 감아도 주황빛은 여전했다. 나는 방파제에 앉아 그 잔상을 바라보며 파도가 치는 소리를 듣는다. 강과 방과는 다른, 살아 있는 것들이 만들어내는 비린내가 풍기고, 바다는 점차 차오른다. 그 안에는 이름 모를 수많은 물고기로 가득하다. 석양에 반사된 바다가 눈이 부시다. 눈이 부시다. 눈을 감아도 눈이 부신 빛으로 가득하다.

지나쳤던 모든 공간이 어둠인 탓이기도 했다.

화장실은 방과 똑같은 모습이었다. 다만, 방 안에는 방이 하나 더 있는 구조였다. 작은 공간 안의 더 작은 공간.

남자 소변기는 벽에 달라붙어 있어 화장실 문을 열기만 한다면 남자가 오줌을 누는 모습 정도야 얼마든지 볼 수 있었다. 양변기는 더 안쪽에 있는 문을 한 번 더 열어야 했다.

결국, 모든 것을 구분하는 것은 밖과 안이었다.

보이는 것과 보이지 않는 것이었다.

외부와 내부였다.

내가 아닌 세상이 결정하는 구조.

나는 변기에 엉덩이를 붙이고 앉아 오줌을 누기 시작했다. 한

동안 오줌이 쏟아졌다. 배설이 아닌 일종의 해방감 같은 것.

정면에 보이는 문고리가 약했다. 문을 두세 번만 흔든다면 곧장 열려버릴 것 같았다.

왜 내부여야만 할까. 그럼에도 다를 게 없는데.

나는 중얼거리며 문고리를 잡기 위해 엉덩이를 뗐다.

이런 거나 고치지. 쓸데없이 식물이나 죽이고 말이야.

나는 엉거주춤한 자세로 오줌을 마저 눴다.

밖에서 들리는 조그만 소음에도 문고리를 휙 낚아챘다. 언제까지고 이 문고리를 쥐고 살아야 하나, 생각하면서.

✦14

카운터로 돌아오자 메리는 소파에 몸을 길게 뉘어 잠들어 있었다. 텔레비전의 채널은 여전히 바뀌지 않은 채였다.

위대하던 당신의 성도 이렇게 시시하게 무너질 줄은 몰랐겠지요. 고작 씨앗 하나 때문에.

작은 글씨의 자막이 순식간에 지나갔다.

씨앗 하나 때문에 성이 무너지다니. 메리는 정말 이상한 영화를 보는구나. 나는 그렇게 생각하며 카운터 위에 너저분하게 널린 물건들로 시선을 돌렸다. 빈 테이프 상자들이 쌓여있었고 마시다 만 노란 음료수가 담긴 종이컵, 뜯긴 과자 봉지, 곽 티슈, 그리고 뚜껑이 활짝 열린 테이프 상자가 있었다.

저것이구나.

나는 텔레비전으로 고개를 돌렸다. 오렌지 소녀는 여전히 입을 벙긋벙긋거리고 있었다. 소녀의 목소리가 궁금해졌다. 메리와 비슷하지 않을까. 실처럼 가느다랗지만, 거슬리지 않게 맴도는 그런 목소리.

나는 메리의 얼굴 앞에 쭈그려 앉았다. 메리는 흔한 뒤척임도 없었다. 내 눈앞에는 그저 탐스럽게 굽은 머리칼과 잔뜩 솟은 솜털을 가진, 겁먹은 소녀가 있었다.

나는 습관적으로 메리의 코 아래에 손가락을 가져다 댔다. 잠깐의 고요가 느껴졌다. 아무 일도 없었고, 앞으로도 없을 것 같은 안온한 시간이었다. 곧 다시 메리가 내뱉는 공기가 손끝에 닿았다. 뜨거운 것 같기도 하고 차가운 것 같기도 했다. 나는 메리의 잠든 얼굴을 가만히 지켜보았다.

미묘한 기분이었다. 자는 동안에도 경계심을 풀지 않는 얼굴을 보는 건. 나는 그 얼굴을 만져보려다 그만두었다.

메리는 나의 인기척에 그제야 조금 놀란 표정을 지으며 깨어났고 금세 몸을 일으켜 자리를 만들어주었다. 메리 얼굴 위로 붉은 기운이 번져나가고 있었다.

내가 자리에 앉자 메리 쪽에서 삐걱삐걱 소리가 들렸다. 우리는 마주 본 채로 조금 웃었다. 그리고 다시 텔레비전을 올려다봤다. 오렌지색 소녀의 머리칼이 바람에 흩날리고 있었다. 누군가를 기다리는 모양이었다.

너는 모든 원소 중에 최고가 뭔지 알아?

메리는 마치 텔레비전 속 소녀에게 말을 걸기라도 하듯 시선을 떼지 않은 채 물었다.

원소?

응.

음. 수소.

수소?

응. 물의 원소.

나의 말에 메리가 푸흐흐 하고 웃었다.

두 개나 필요하거든.

내가 덧붙였다.

아니. 아니.

메리가 고개를 미미하게 흔들었다.

넌 정말 낭만이 없다.

메리가 말했다.

'낭만'. 하고 나는 속으로 중얼거렸다. 낭만. 낭만. 낭만이라.

메리는 내가 대답이 없자 제 입술을 안으로 오므렸다. 동시에 메리의 두 볼이 봉긋 올라갔고 그 얼굴은 꼭 한 점으로 응축된 메리 같았다.

사랑이야.

메리는 내게 들릴 듯 말 듯한 목소리로 말했다. 메리의 왼쪽 어깨가 희미하게 들썩였다.

이 세상의 종말을 막을 수 있는 것은 저 오렌지색 소녀의 사랑뿐이라고, 메리가 덧붙여 말했다.

✦15

우리는 잠들었고, 눈을 떴을 때 보이는 것은 곽태주 씨였다.

나는 벌떡 일어났다. 곽태주 씨의 볼살이 입꼬리에 걸린 듯 늘어나 있는 모습 때문에 자꾸만 불독이 떠올라 웃음을 참아야 했다.

곽태주 씨는 가만 나를 쳐다보고 있었다.

나는 여전히 웃음을 참기 위해 애썼는데, 웃음이 터져 나오는 순간 곽태주 씨가 허벅다리를 물어뜯을 것만 같아서였다.

너는 몇 동에 사니.

곽태주 씨의 눈썹이 천천히 솟았고, 살짝 벌어진 입술은 꼭 웃는 것처럼 보였다.

1동에 살아요.

내가 대답하는 동시에 곽태주 씨의 벌어진 입술이 꾹 닫혔다. 입가의 주름이 모였다.

1동이구나. 그래. 1동이구나.

곽태주 씨의 눈빛이 예리하게 나를 보고 있었다. 정확히 말하면 나를 보는 것이 아닌 1동을 보는 것 같았다.

그곳은 거실이 얼마나 넓니. 벽의 모서리가 몇 개고, 창문은 또 몇 개니. 그곳은 화장실이 두 개라며. 당최 나는 이해할 수가 없다. 왜 화장실이 두 개나 있어야 하는지. 수도세는 훨씬 많이 나가겠지? 뜨거운 물을 펑펑 틀어놓을 거야. 그렇지? 엄마는 뭐 하시니.

곽태주 씨가 숨도 쉬지 않고 빠르게 말을 내뱉을 동안 나는 눈만 껌벅였다.

엄마는 누워계세요.

아니. 아니.

곽태주 씨의 얼굴이 잠깐 일그러졌다.

네?

그런 것 말고. 엄마는 무엇을 하시냐니깐.

엄마는 누워계세요.

곽태주 씨가 고개를 도리도리 저었다. 정말이에요. 우리 엄마는 누워만 있다니까요. 그 말은 속으로 삼켰다. 누워있는 것은 이 세상에서 아무런 역할도 하지 못하는 존재였으므로. 나는 이상하게 부끄러워졌다.

곽태주 씨는 여전히 번들거리는 눈으로 나를 쳐다보았다. 꼭 집 지키는 개를 보는 정도의 시선이었다. 메리는 저 눈을 매일같이 마주치겠지. 가여운 메리.

나는 곽태주 씨가 나타난 탓에 집으로 빨리 돌아가고 싶었다.

엄마가 걱정하세요.

나는 메리를 쳐다보며 말했다. 메리는 구석에서 바지 앞춤에 손을 가지런히 모으고 등을 굽힌 채 서있었다. 잔뜩 움츠린 작은 강아지 같았다.

그래. 어서 가라. 어서 가. 썩 사라져 버려. 우리는 지금 바쁘니깐. 할 일이 아주 많아.

곽태주 씨가 메리를 지나쳐 카운터 안으로 들어가며 말했다. 몸을 피하려 하지도 않는 기색이었다. 그리고 손등을 휘휘 내저었다. 그동안 메리는 나를 한 번도 쳐다보지 않았다.

나는 오감상실의 문을 열었다.

이곳에서의 할 일은 무엇일까. 입을 벙긋거리는 오렌지색 소녀를 보며, 그저 가만히 앉아 무언가를 기다리는 일일 것이다.

✦ 16

해가 저물어가고 있었다.

길이 좁아지면 맞은편에서 걸어오는 사람의 어깨와 부딪히지 않기 위해 나는 어깨를 움츠렸고 사람이 지나가면 언제 그랬냐는 듯 다시 어깨를 폈다. 그 사람은 조금도 움츠리지 않았다는 것을 몇 걸음을 더 걷고 나서 알았다.

하지만 나는 아니었다. 나는 그렇게 살고 있었다.

내가 내어준 그 거리를 생각하면서도 또다시 누군가 내 옆을 지나갈 때면 나는 한껏 움츠렸다. 그것은 배려가 아니다. 척도다. 아무도 가르쳐주지 않더라도 가지고 태어나는 나의 척도.

어디선가 '아버지'라는 단어가 들리면, 나는 트럭에 시동을 거는 것처럼 마음이 덜컹거릴 때가 있었다. 쇳덩이 같은 엔진이 움직이는 순간처럼.

그날은 체육 시간이었던가.

아버지라는 단어를 내뱉은 아이는 나보다 체구가 작았다. 자신보다 품이 넉넉한 체육복은 마치 그만큼만 자라주길 바라는 제 부모의 염원처럼 보였다. 다른 아이들도 마찬가지였다. 아직 오지 않은 미래에 맞춰진 옷을 입고 있는 아이들이 많았다.

나는 체육복을 입지 않은 채 체육관 구석에 쪼그려 앉아있었고 그 아이와 눈이 마주쳤다. 아이는 자신을 바라보는 내 눈빛이 마음에 들지 않는다는 듯 시선을 피하지 않았다. 그리고 옆에 앉은 다른 아이에게 조용히 속삭이기 시작했다. 나는 그 입모양을 읽어내는 데 오랜 시간이 걸리지 않았다. 이건 비밀인데, 쟤 아버지······.

순간 정신을 잃을 것 같은 어지러움이 몰려왔다.

정신을 차렸을 때, 그 아이는 내 아래 깔려있었고 나의 주먹은 허공에 멈춰있었다. 아이의 입과 코에서 피가 흘러나왔다.

쟤가 우리 아버지보고 살인자 새끼라고 했어요.

나의 말에 아이는 억울한 듯 얼굴이 흉하게 일그러졌다.

그런 말 한 적 없어요.

그런 말 한 적 없다잖아요.

정말 그런 말을 하지 않았어요.

우리 아이가 그런 말을 하지 않았다잖아요.

아이와 아이의 엄마는 꼭 주인과 앵무새 같았다.

선생 옆에서 두 손을 가지런히 모으고 있던 엄마는 깊은 통증을 참듯 눈을 감고 있었다.

여자아이가 저렇게 드세서…….

누군가 혀를 끌끌 찼다.

선생들의 말끝에는 한숨이 섞여 있었다.

아이의 턱뼈에 작은 균열이 생겼다고 했다.

고작 그 정도의 균열로 나는 강제 전학 처분을 받아야 했다.

나쁜 새끼들. 나의 균열은. 나와 엄마의 균열은.

왜 우리가 피해야 해.

나는 엄마에게 말했다.

아무 이유 없이 이 세상을 용서해야 하는 순간이 있어. 우주야. 그래야 살아갈 수 있어. 그래야지 살아갈 수가 있어. 생은 내가 원하는 대로 되어주지를 않아.

엄마는 그 말을 하면서 울었던가. 또 다른 통증을 참았던가.

그날 밤 잠에서 깼을 때 엄마가 나를 내려다보고 있는 탓에 나는 눈을 뜰 수도, 몸을 뒤척일 수도 없었다. 엄마의 얼굴이 천장에 붙어있는 것만 같았다. 엄마가 천장이 되어버린 것만 같았다.

성태 씨가 너무 보고 싶어. 우주야.

성태 씨는 아버지의 이름이었다.

아버지가 죽고 엄마의 세계는 무너져 내리기 시작했다.

그 이유는 단순했다. 엄마는 나보다 아버지를 조금 더 사랑했을 뿐이다.

사랑은 사랑을 지속했다. 슬픔은 슬픔을 지속했으며 그리움은 그리움을 지속했다.

엄마는 술을 마시기 시작했다. 엄마는 술을 끊으려 하기 시작했다. 술을 끊으려 하는 노력의 대가를 다시 술로 보상하기 시작했다. 나는 그 누구의 잘못도 없는 반복 속에서 자랐다. 그것은 굉장히 순도 낮은 자람이었다.

엄마가 새까매졌다.

나는 병원에 전화를 걸었다. 세 번의 신호음이 지나는 동안 나는 한 번 더 엄마를 바라보았다. 왜 우리 집 사람들은 모두 새까매지는지에 대해 생각하면서.

아직은 앳된 목소리의 여자가 전화를 받았다.

나는 잠깐 망설여졌다. 전화를 끊어버릴까 생각하면서도 나는 엄마의 상태를 자꾸만 덧붙였다.

보호자가 와야 해요. 보호자는 어디 계시죠?

여자가 물었다.

제가 보호자예요.

그 말은 너무나 쉽게 나왔다.

나는 엄마의 손을 붙들고 병원으로 향했다.

알코올중독이라고 했다.

엄마의 몸이 자꾸 기울어져 의사의 시선이 엄마의 얼굴을 쫓아가듯 움직였다. 바닥을 향해서, 그리고 또 바닥을 향해서.

아니요.

엄마는 고개를 절레절레 저었다.

저는 그리움에 중독되었을 뿐이에요.

의사는 고개를 절레절레 저었다.

간단한 거예요. 오늘이 무슨 요일인지 자주 물어보세요. 주저하지 않고 대답할 수 있어야 합니다. 어제와 오늘을 구분하지 못하는 경우가 아주 많으니까요. 치료가 필요한 사람을 구분할 수 있는 가장 기본적인 질문이에요.

나는 고개를 끄덕였다.

그리고 엄마는 하루에 여섯 가지의 약을 먹어야 했다. 그것은 분홍색과 노란색, 흰색이 섞여 있어 엄마는 마치 봄을 먹는 것 같았다.

나는 엄마의 입을 벌리고 여섯 가지의 약을 혓바닥 위에 집어넣은 뒤 물을 부어 엄마의 입을 틀어막았다.

엄마는 이제 나 없이는 봄을 먹지 못했다.

아버지는 종일 트럭을 모는 사람이었다.

아버지는 공장을 나와 화물트럭 한 대를 샀다.

아빠는 지금이 가장 좋아. 우주야. 신나는 음악을 틀어놓고 고속도로를 달리면, 매일 목적지 없는 여행을 하는 것 같거든. 어디에 도착하는지는 중요하지 않게 돼.

아버지가 웃으며 말했지만, 나는 아버지가 공장에서 스스로 나온 것이 아니라는 것쯤은 알고 있었다. 아버지에게 늘 풍기던 좀약 냄새가 나지 않았다. 기름 냄새도, 땀에 절어있는 작업복의 냄새도 나지 않았다. 수많은 부글부글거리는 냄새가 나지 않았다.

아버지는 그 시간 동안 공장에서 아무 일도 하지 않았다. 사장은 아버지와 같은, 다른 누군가의 아버지들을 한 명씩 불러 권고사직을 제안했다. 공손한 말이었다.

우리도 어렵습니다. 우리도 정말 어려워요. 서로를 생각해 주셔야죠.

그리고 거절하는 자들은 6인용 테이블에 앉히고 '온종일 손톱이나 뜯어보세요. 할 일이 없는데 어쩔 수 없습니다. 이 정도는 버틸 수 있어야지요' 하고 말했을 것이다.

아버지는 결국 트럭 한 대를 살 수 있는 위로금을 받고 공장을 나왔다.

위로란 이렇게나 구역질이 나는 것이다.

아버지는 그날, 슈톨렌을 사 왔다.

독일에서는 한 해의 끝자락에서 이 빵을 먹는대.

아버지는 말했다.

'아니요. 슈톨렌은 크리스마스 빵이에요.'라고 나는 굳이 말하지 않았다.

엄마는 커다란 주방 가위를 가지고 왔다. 서걱서걱, 서걱서걱. 슈톨렌의 이름에 맞지 않는 녹슨 소리가 들렸다.

그래. 이제부터는 그날그날에 맞는 음식을 먹는 거야.

엄마가 주방 가위를 내려놓으며 말했다.

우리는 입가에 하얀 가루를 묻히며 빵을 모조리 해치웠다. 그리고 아버지와 엄마, 나. 우리는 순서대로 바닥에 누웠다.

우주야. 이리 와봐.

아버지는 나를 불렀다. 나는 아버지와 엄마 사이에 누웠다.

이렇게 누워있으면 말이야. 우주가 나한테 쏟아지는 것 같거든. 내가 아니라 이 세상이 나를 위해서 납작 엎드리는 기분 말이야. 이런 감각을 느낄 수 있어야 살아있음을 느낄 수 있어. 모든 일에 무감각해지는 순간이야말로 더 이상 살지 못하는 순간인 거야.

아버지가 쉬쉬 하고 웃었다.

나는 천장을 올려다보았다.

아버지, 저건 우주가 아니라 곰팡이예요.

아이고. 맞다. 아이고.

우리는 크게 웃었다.

무언가를 견디는 우리만의 방식이었다.

트럭의 주행거리는 아버지의 삶처럼 멈출 줄 몰랐다. 트럭은 속도를 줄이지 않았다. 핸들을 틀지도 않았다. 계기판 위의 숫자는 자라나는 것처럼 올라가고 있었다.

아버지의 삶은 아버지의 트럭이 멈출 때가 되어서야 멈출 수 있었다. 아버지는 집으로 돌아오지 못했다.

고속도로의 화물트럭은 악마의 레이싱입니다.

살인자 새끼.

선생님들, 도로에서 화물트럭과는 절대 함께 달리면 안 됩니다. 제 블로그에 들어오시면, 화물트럭 사망 사고 대응 방법이…….

아버지의 기사에 달린 댓글들은 아버지의 삶을 몰랐다. 운전석 뒤, 아버지가 쪽잠을 잘 때 덮는 누비이불을 몰랐다. 수많은 약상자 속 두통약을 찾지 못해 매일같이 머리를 움켜쥐던 것을, 결국에는 매직펜으로 '머리 아플 때'라고 써두던 것을, 새벽마다 물티슈로 핸들을 닦아내던 습관을, 좋은 향기가 나는 방향제 대신 신시사이저 음악을 트는 것을, 그리고 아버지 인생의 주행 거리를 몰랐다. 아버지가 고개를 숙이고 손톱이 아닌 수치심을 뜯어내고 있었던 것을 아무도 몰랐다.
하지만 그들이 아버지의 삶을 모르는 것은 죄가 아니었다.
그들에게 있어 이 세상에 죄를 지은 것은 아버지였으니까.
아버지는 벌을 받은 사람처럼 새까맣게 타 죽었다.
아버지의 사고는 '포르쉐 충돌사고'라는 내용으로 헤드라인에 떴다. 아버지의 트럭과 충돌한 포르쉐에 동승한 여자는 사망했지만, 포르쉐의 죄명은 없었다. 나는 기사를 읽고 또 읽었지만, 어디에도 상대편 운전자의 음주 사실은 적혀 있지 않았다. 포르쉐 운전자의 과실에 대한 기사가 떴을 때 나는 환호성을 질렀다. 하지만 얼마 지나지 않아 사라졌다.
사라지는 글처럼 포르쉐는 빠르게 잊혀졌다.
우리 아버지가 트럭이 아니라 포르쉐를 탔다면.
아버지의 유물처럼 아버지의 기사는 끝까지 남아 있었다.

17

진짜 울트라맨이 되고 싶다.

진짜 울트라맨이 되고 싶어.

어디서든 어깨를 움츠리지 않을 수 있게 단단한 갑옷을 가진 울트라맨이 되고 싶다.

절대로 사라지지 않는 존재가 되고 싶다.

무언가를 쓰다듬는 것이 아니라 모든 것을 깊숙이 파버릴 수 있는 단단한 손가락을 가지고 싶다. 열 개, 스무 개, 아니, 셀 수조차 없는 수많은 손가락을.

부드럽고 물렁한 것은 싫다.

길고양이가 내 앞을 지나쳐 트럭 밑으로 빠르게 숨어들고 있었다.

나는 트럭 앞에 쪼그리고 앉아 한참 동안 야옹 야옹 하고 울었다. 길고양이는 납작 엎드린 채 나를 노려보고 있었다.

나는 길고양이처럼 콘크리트 바닥에 납작 엎드려 야옹 야옹 하고 울었다.

길고양이는 울지 않았다.

모든 두려움이 사라졌다.

✦ 18

집으로 돌아오자마자 나는 다시 돌아가고 싶다고 생각했다.
어디로?
어느 곳으로든.
집은 평화로웠다. 아버지와 등가교환 한 집. 아버지의 죽음을 놓고, 포르쉐와 엄마의 타협으로 가질 수 있었던 집. 그러므로 아버지처럼 평화로운 집.
이 평화는 완벽하다.
너무나 평화로워서 벽지를 모두 찢어버리고 싶었다. 너무나 평화로워서 비명을 질러버리고 싶었다. 너무나 평화로워서 모든 문을 활짝 열어버리고 싶었다.
누구든 들어와 주세요. 누구든 들어와서 이 평화로움을 깨주세요. 나는 그런 생각을 하면서 주방으로 향했다. 미음을 만들었다. 그것만큼 간단한 일은 이 세상에 없었다.
뜨거운 미음을 담은 그릇과 숟가락을 들고 엄마 옆에 앉았다. 나는 숟가락으로 미음 안을 헤집었다. 들쑤시고 들춰내고, 헤집어대는 행위란 결국 본질적인 온도를 떨어트리기 마련이다.
아버지가 그렇게 식어버린 것처럼.
나는 엄마를 내려다보았다. 눈을 뜨고 있었지만, 어디를 보고 있는지 모르는 시선과 활짝 열린 입. 언제든 무엇이든 쑤셔 넣어달라고 말하는 것 같은, 구멍처럼 활짝 열린 입.

나는 그 입에 미음을 흘려 넣었다. 엄마가 씹지 못하는 탓에 턱 아래로 미음이 흘러내렸다. 나는 숟가락으로 다시 긁어 엄마의 입속에 넣었다.

이제 반복이다.

비디오테이프를 영원히 되감는 것처럼.

나의 식사는 그릇에 남은 미음으로 해결한다. 나는 미음을 싹싹 긁어 먹었다. 고소하고 짭짤한 것을 먹고 싶다고 생각하면서. 달콤하고 시큼한 것을 먹고 싶다고 생각하면서.

미음의 맛까지 평화로웠다.

평화로운 것은 정말 끔찍한 것이구나.

나는 빈 그릇을 옆으로 밀어둔 채 엄마 옆에 누웠다.

엄마. 오늘이 무슨 요일이에요?

엄마는 대답하지 않았다. 엄마의 코 아래에 손가락을 가져다 대자 잠깐의 고요가 느껴졌다.

엄마와 나란히 누울 때만큼은 모든 것이 꿈처럼 느껴졌다. 아주 지독한 꿈. 악몽 말이다. 엄마의 몸은 이 얇은 이불에 눌려 납작해지고 있다.

그러므로 나는 언제나 잠을 기다리는 사람이다.

그 속에서 나는 더 이상 미움을 만들지 않는다.

이제 눈을 감고 잠이 든다면 그것이야말로 진짜가 된다. 그것이야말로 내가 실존하는 현실이 된다. 무엇을 꿈꾸든.

✦19

나는 울트라맨이 되었다.

집 안을 채우고도 남을 만큼 커다란 울트라맨. 하지만 집은 울트라맨이 되기 전부터 비좁았다.

엄마는 나를 올려다보고 있었다.

엄마. 나를 좀 봐요. 내 모습을 봐요.

엄마는 어디를 보는지 모를 시선으로 나를 건너보고 있었다.

나를 좀 보라니까요.

나는 소리치기 시작했지만 단단한 갑옷 탓에 소리가 밖으로 나오지 않았다. 나의 비명은 나만 들었다.

어디선가 바람이 불어왔다. 그 바람에는 강의 냄새와 엄마의 냄새와 메리의 축축한 화장실 냄새, 모든 것들이 섞여 있었다.

이제 엄마를 옮길 수 있겠어요.

나는 그렇게 말했다. 엄마는 여전히 대답이 없었다.
 나는 인간이 설치류 한 마리를 아주 조심스럽게 들어 올리듯 손가락을 벌려 엄마를 들어 올렸다. 가벼웠다.
 갑옷은 생각보다 불편했다. 손가락을 움직일 때마다 기분 나쁜 쇳소리가 들렸고 내가 움직이고 싶은 만큼 움직여지지 않았다. 무거운 탓에 숨이 막혀오고 있었다.
 엄마는 우, 우 하고 말했다.
 뭐라고요?
 우, 우.
 너무 신난다고요?
 우, 우.
 저도요. 엄마.
 우, 우.
 엄마를 어디로 데리고 가야 할까. 도무지 엄마를 어디로 데리고 가야 할지 모르겠다고 생각했다. 어느 곳도 엄마를 감당할 수 없을 것이다.
 나는 반듯한 날개를 활짝 펼쳤다. 모든 벽에 금이 갔다. 집 안의 모든 벽이 부서졌다.
 밤이었다.
 꿈속의 밤.

꿈속의 밤은 찬란했고 화려했으며, 윤기가 흘렀다. 동시에 아무런 색채가 없었고 아무것도 닿지 않았다. 더욱 깊숙이 어두웠다.

어둠은 모든 것을 감춰주었다.

엄마. 물고기가 되어보는 것은 어때요.

우, 우. (좋아.)

엄마의 대답에 나는 목적지를 정했다.

일단 강으로 가야겠어요.

우, 우. (나는 해변이 좋은데.)

하늘에는 길이 없으니 방향을 잃을 걱정은 없겠어요.

우, 우. (비행로가 있잖니.)

그건 비행기의 길이지, 나의 길이 아니니까요.

우, 우. (우리 우주. 너무 똑똑하구나.)

나는 길이 없는 길을 날아갔다. 이제부터 방향은 정해진 것이 아니라 내가 만드는 것이다.

암릉산을 빙 둘러 가지 않으니 빠르게 강가에 도착했다.

나는 허공에서 원을 그리며 빙글빙글 돌았다. 꼭 독수리처럼.

어지러워요?

우, 우. (조금.)

괜찮아요. 원래 세상이란 어지러운 거예요. 엄마. 내가 이제 자유롭게 해줄게요.

우, 우. (고마워. 우주야.)

손끝에 힘을 풀자 엄마는 한 치의 망설임도 없이 뛰어드는 다이버처럼 강 속으로 빨려 들어갔다.

엄마가 떨어진 자리는 용암이라도 치솟듯 거대한 물기둥만이 남아있었다.

물기둥은 곧 잦아들었고, 그것은 분명한 끝이었다. 아무것도 남아있지 않았다. 그건 아름다운 모습이었다. 엄마는 이제야 정말 자유로울 것이다.

✦20

구급차가 사이렌을 울리며 달리는 소리에 눈을 떴다. 붉은색의 굴절된 불빛이 집 안으로 들어오고 있었다.

나는 얇고 뭉툭한 나의 손가락을 활짝 펼쳤다. 부드럽고 물렁한 살덩이였다.

이런 손가락으로 무언가를 살펴볼 수 있겠니.

이런 손가락으로 무언가를 움켜쥘 수 있겠니.

나는 아무것도 쥐지 않은 손을 움켜쥐어 보았다. 그리고 희미

한 빛에 의존해 주변을 살폈다. 정확한 사각의 공간이었다.
나는 그 안에서 무언가를 꾸역꾸역 미워했다.
무엇을 미워하는지도 모르는 채로.
언제까지고 사방이 꽉 막힌 이곳에서 눈을 뜰 것 같은 막막함. 언젠가는 이 집이 흔들려 천장이 주저앉을 것만 같았다.
모든 것이 주저앉아 내리면, 2층과 3층, 16층까지 모든 사람들이 내 위로 차곡차곡 쌓이겠지. 할멈이 파는 과일 바구니 속의 과일처럼. 가장 썩은 것은 가장 아래로.
나는 열여섯 가구의 사람들을 모두 등에 업은 채 사는 기분이 들었다.

✦ 21

울트라맨이 될 것이냐, 말 것이냐.
그것이 문제로다.

✦ 22

아침이 되어 밖으로 나왔을 때 환락송 옆 가게인 슈퍼마켓이 무너져 있었다.

정심 아저씨는 꼭 제 집이 무너져 내린 사람처럼 황망한 눈으로 그곳을 바라보고 있었다.

천장이 내려앉았대.

정심 아저씨가 말했다.

천장이 내려앉았다는 말에 나는 생각했다.

우리 집이 아니었구나.

정심 아저씨가 흐느끼는 소리가 났다. 정심 아저씨는 울고 있었다.

그런데 왜 아저씨가 우세요.

내가 묻자 정심 아저씨는 나를 가만히 내려다보았다. 정심 아저씨의 눈가에서 눈물이 툭 떨어졌다.

꼭…… 우리 엄마 같아.

정심 아저씨가 말했다. 나는 무너진 슈퍼를 쳐다봤다.

슈퍼는 사라진 것도, 그렇다고 존재하는 것도 아닌, 오랫동안 방치된 고래의 사체처럼 살이 모두 썩어 뼈만 고스란히 남아 있는 모양새였다.

아저씨. 괜찮아요.

나는 왜 그런 말을 하는지도 모르면서 정심 아저씨를 달래 주었다.

그 순간 정심 아저씨는 가게를 향해 뛰어들었다. 말릴 새도 없었다. 널브러진 잔해 속을 양손으로 벅벅벅 파내고 있었다. 맹목적으로. 쓰레기봉투를 뒤지는 길고양이의 집중력으로 벅벅벅.

벅. 벅.

무얼 찾으세요?
내가 물었다.
정심 아저씨는 눈길도 주지 않는 예민한 길고양이 같았다.
고양이.
네?
고양이.
정심 아저씨가 중얼거렸다.
정심 아저씨의 말에 따르면 고양이를 키우고 있었다고 했다.

저는 한 번도 아저씨의 고양이를 본 적이 없는데요.

정심 아저씨는 나를 흘깃 쳐다보고는 고개를 절레절레 저었다.

네가 보지 않았으니까 없다고 생각하는 거야.

그건 당연하잖아요.

없다고 생각하니까 없는 거야.

정심 아저씨는 고양이에게 매일같이 밥을 내어주었다고 했다. 밥을 내어준다는 말은 나의 세계 안으로 침입해도 좋다는 의미이기도 하니까. 이방인끼리의 암묵적 허용이었다.

어쩌면 메리는 그 고양이를 나 몰래 발견하고 꼬리를 졸라보지 않았을까 하는 생각이 들었다.

고양이가 오늘 아침에 밥을 먹으러 오지 않았어. 이곳에 깔린 거야. 도망가지 못하고 이곳에 깔려버린 거야.

정심 아저씨는 다시 울음을 터트렸다. 나는 정심 아저씨를 돕고 싶었다. 나도 함께 고양이를 찾아야겠다고 생각했다.

다른 곳으로 갔을 수도 있잖아요.

그럴 리가 없어.

짐승은 인간보다 항상 한발 빠르니까요.

그럴 리가 없다고. 그 아이는 아주 얌전하고 소심해. 이리저리 돌아다니는 아이가 아니야. 갈 곳이 없는 아이라고.

갈 곳이 없으니 이리저리 돌아다니는 거라니까요.

아니야.

얌전한 고양이는 부뚜막에도 올라간대요.

정심 아저씨는 내 말의 의미를 이해하지 못한 표정으로 나를 쳐다봤다.

정심 아저씨는 고양이 찾기에 실패했다.

정심 아저씨는 잔해 속에서 천천히 몸을 일으켰다. 곧장 바짓자락을 털었다. 먼지가 공기 중으로 떠올랐다. 그리고 먼지를 헤치며 그곳에서 빠져나와 걷기 시작했다. 그 모습이 꼭 늙은 짐승 같았다.

고양이를 찾으러 가는 거예요?

나의 물음에 정심 아저씨는 고개를 끄덕였다.

정심 아저씨는 3동 쪽으로 오랫동안 걸었다

이곳까지 올 리가 없을 텐데요.

나는 정심 아저씨보다 한 걸음 뒤에서 아저씨의 등에 대고 말했다. 정심 아저씨의 걸음이 빨라졌다. 정심 아저씨는 아무 말도 듣지 못하는 사람처럼 앞장서서 걸음을 옮겼다. 나는 거의 뛰다시피 정심 아저씨의 뒤를 따랐다.

정심 아저씨는 3동의 계단 앞에서 잠깐 멈췄다. 그리고 다시 계단을 오르기 시작했다. 발끝으로 계단을 확인이라도 하듯 천천히, 조심스럽게. 나도 계단을 따라 올랐다.

천천히. 침착하게. 한 계단. 한 계단. 발을 헛디디면 안 돼. 잘못하다가는 모조리 무너질 거야.

정심 아저씨의 말은 꼭 자신에게 하는 말 같았다.

그럴 때는 무너지는 게 아니라 넘어진다고 말하는 거예요.

내가 말했다.

정심 아저씨의 등이 움찔했다.

똑같은 말이잖아.

정심 아저씨가 여전히 계단을 오르며 대답했다.

우리가 도착한 곳은 403호였다.

✦23

현관문이 열렸을 때, 문틈 사이로 형광등의 빛이 새어 나왔다. 문고리를 잡은 채로 우리를 맞이한 사람은 곽태주 씨였다. 곽태주 씨는 기다렸다는 듯이 자연스레 웃음을 머금고 있었다.

집 안에는 곽태주 씨를 포함하여 여섯 명의 사람들이 있었고, 모두 3동에 사는 사람처럼 등을 한껏 굽힌 채 벽을 향해 일렬로 앉아 손을 맞잡고 있었다. 그 모습이 마치 배가 가라앉기 전, 서로를 붙들고 있는 것처럼 보였다.

나는 빠르게 집을 둘러보았다. 메리는 보이지 않았다.

어서 와.

곽태주 씨는 나를 오랫동안 알던 아이처럼 반갑게 대하며 말했다. 그 말에 이상한 온기가 있었다.

그 자리는 기도 모임이라고 했다. 제일교회가 없어진 탓에 갈 곳이 없어진 사람들의 모임이었다.

인간이란 하늘이 내려주신 모든 일에 어찌할 수 없는 작고 무력한 존재일 뿐이지요. 인간이 만들 수 있는 연이란 악연뿐입니다. 이 얼마나 끔찍스러운 일입니까. 인생은 예측할 수 없습니다. 흑우생백독(검은 소가 흰 송아지를 낳았다는 뜻)이라는 말도 있지 않습니까. 재앙이 복이 될 수도, 복이 재앙이 될 수도 있어요. 그래서 여러분들은 준비하셔야 합니다. 지금도 늦었어요. 아주 많이 늦었지요. 우리는 이미 많은 죄를 지었습니다. 그렇기에 더더욱 기도해야 합니다. 그리고 죽음 뒤에는 연옥이 따라요. 여러분들은 천국에 가실 겁니까, 부활을 하실 겁니까. 부활한 사람은 전생의 기억도, 몸도 아니지요. 이미 죄를 지었기에 우리는 무엇으로 태어날지 모릅니다. 여러분. 개로 태어나실 겁니까, 소로 태어나실 겁니까. 다시 한번 우리와 같은 인간으로 태어나야 하는 일은 정말 지옥이 아닐까요. 개로 태어난 것보다 더한 고통이겠지요. 기도하세요. 회개하세요. 여러분. 지금 기도하셔야 여러분들이 원하시는 대로 이루는 거예요. 여러분의 기쁨을 여러분이 지금 만드시는 겁니다.

곽태주 씨의 말에 나는 웃음이 샜지만, 사람들은 고개를 끄덕이고 있었다.

곽태주 씨가 늘어놓은 말은 누구의 말씀인가. 불교도 아니고 천주교도, 그 무엇도 아닌, 그저 곽태주 씨의 말씀이시다.

곽태주 씨의 발 근처에 플라스틱 상자가 놓여 있었다. 나머지 다섯의 사람은 곽태주 씨의 발끝이 가리키고 있는 상자에 흰 봉투를 담았다. 의례적인 풍경처럼 보였다. 아무도 의심하지 않았다.

헌금이라니.

이 모임은 기도 모임이 아닌 곽태주 씨의 모임이 분명했다. 곽태주 씨는 이 모임에서, 아니 적어도 이 단지에서만큼은 신이었다.

나는 일곱 번째 자리에 앉았다. 모두가 무릎을 꿇고 있는 탓에 나도 자연스레 무릎을 꿇어앉았다. 왜 누군가의 곁에 앉을 때는 무릎부터 꿇게 되는 건지에 대해 생각하면서.

이곳에 있는 사람들은 모두 무언가를 잃은 채 슬퍼했고 자신의 처지를 억울해했으며 모든 괴로움에서 벗어나고 싶지만 벗어날 수 없는 그저 보통의 사람들이었다. 곽태주 씨는 그런 사람들을 모아 해결법을 제시했다. 그들이 바라는 것은 어떤 종류의 의식이었다.

헌금을 통해 하늘의 집을 지으며, 기도하고 성경을 필사하는 것. 그들이 내민 봉투가 벽이 되고, 필사한 말씀은 따뜻한 장작이 된다는 것.

신이란 존재가 아니다. 신은 상황이다. 믿는 사람이 만들어주는 상황. 필요에 의해 발생하는 상황. 구체적인 절망에 의한 거시적인 상상.

무언가를 함께 하고 있다, 무언가를 함께 나누고 있다는 감각이야말로 그들을 살게 했다.

한 글자 한 글자가 정말 구원이었다.

첫 번째 사람은 빠르게 입술을 벌렸다 닫았고, 세 번째 사람은 알 수 없는 언어를 중얼중얼 내뱉었으며, 정심 아저씨는 고양이를 부르며 울었고, 다섯 번째 사람은 두 팔을 천장을 향해 두어 번 힘차게 벌렸다.

그들의 앞에는 높지 않은 단상이 있었는데 단상 위에는 누가 만든 건지 알 수 없는 기묘한 모양의 십자가와 금빛으로 덧칠

된 작은 종이 있었고 여러 종류의 조화가 있었으며, 세 개의 향초가 켜져 있었다. 그것들은 단정하게 정렬되어 있었고 그 모습에 이상하게 불쾌감이 느껴졌다.

내가 저것들이 무엇을 위해 존재하는지 묻기 위해 왼편으로 고개를 돌렸을 때, 다섯 명의 사람들 모두가 제 몫을 다하기 위해 몰두하고 있었다. 필사적으로.

제 몫이란 무엇인가.

그들에게 주어진 몫은 모두 다를 것이다.

정심 아저씨는 무너진 슈퍼에 깔린 고양이에 대해 기도할 것이다.

나의 몫은 무엇인가.

나는 무엇을 기도해야 하나.

나는 기도를 해야 하나.

나는 무엇을 해야 하나.

✦ 24

나의 몫은 엄마였으나
애초에 엄마의 몫이 나였다.

우주야.

하고 엄마가 나를 부를 때면 새까만 나의 세상에 성운을 들이미는 것만 같은 기분이 들었다.

우리는 모두 다른 별에서 왔지만, 우리가 이 낯선 별에서 너를 만날 수 있었던 건 네가 엄마의 북극성이기 때문이야. 엄마가 우리 우주를 보고 찾아온 거지.

엄마의 목소리를 들으며 잠에 들 때면, 나는 어떠한 다정한 세계로 빨려 들어가고는 했다.

내가 우주라면 당신은 우주 만물을 창조한 창조주이자 주인입니다.

내가 우주라면 당신은 우주 만물을 창조한 창조주이자 주인입니다.

내가 우주라면 당신은 우주 만물을 창조한 창조주이자 주인입니까.

✦25

지금 고통 속에 있는 자들이야말로 기도가 필요합니다.

곽태주 씨의 말에 나는 다시 단상으로 시선을 던졌다. 치밀하게 계산된 듯한 정렬 속에서 불쾌감을 다시금 느꼈다. 저것들을 흩트려 놓고 싶다. 저것들을 모두 쓰러뜨리고 싶다.

기도가 끝났을 때 곽태주 씨가 내게 다가왔다.

기도를 할 때 왜 무릎을 꿇는 건지 알고 있니.

곽태주 씨의 질문에 마치 학교에서 칠판 앞으로 끌려 나가 수학 공식을 풀 때 만큼 정확한 대답을 내놓아야 할 것 같았다.

모르겠는데요.

곽태주 씨는 그럴 줄 알았다는 얼굴로 웃을 듯 말 듯 늘어진 입술을 방긋거렸다.

히브리어에서 기도라는 말에는 '무릎을 꿇다'라는 의미가 포함되어 있어서 그래.

곽태주 씨는 다정한 말투로 대답했다.

저는 기도할 때가 아니더라도 자주 무릎을 꿇고는 해요.

그건 네가 지은 죄가 많아서 그런 거란다.

곽태주 씨의 말에 나는 '음' 하고 대답을 대신했다.

그분은 모든 것을 사랑하고 계시나요.

그분?

네.

나는 빠르게 곽태주 씨의 표정을 살폈다. 곽태주 씨의 얼굴

근육이 미묘하게 당겨졌다.

그렇지.

그런데 왜 이렇게 고통스러운가요.

기도로 이겨냄을 원하시기 때문이지.

그럼 저도 열심히 기도해야만 살 수 있나요. 저도 그래야 병들지 않을까요. 저의 소원이 전부 이루어질까요.

나의 말에 곽태주 씨는 얼굴을 찌푸리며 손을 허공으로 들었다. 나는 비극의 결말을 알고 있는 관객처럼 눈을 질끈 감았는데, 곽태주 씨의 손은 천천히 그리고 아주 다정하게 내 뒤통수를 쓰다듬었다.

너의 소원이 무엇이니.

곽태주 씨가 물었다.

울트라맨이 되는 거요.

곽태주 씨의 손이 멈칫했다.

✦ 26

나는 403호를 나와 계단을 내려갔다. 한 걸음. 또 한 걸음을 내디딜 때마다 신발 밑창이 짓눌려 사라지는 기분이 들었다.

나는 환락송으로 돌아가기로 했다.

익숙한 길을 걸었다. 왔던 길을 다시 되돌아 걸었다. 또다시 비디오테이프를 뒤로 감는 것처럼.

알록달록한 현수막들이 한데 걸려있었다. 첫 번째 현수막은 천연 비누 만들기였다.

취향대로 만들어보세요.

나는 잠시 현수막 앞에 멈춰 섰다. 현수막 안쪽에는 흰 꽃과 붉은 장미꽃이 가득 피어 있었다. 목을 길게 늘여 보니 꽃이 아니었다. 비누였다. 아래에 작은 글씨로 전화번호가 적혀있었다. 나는 빠르게 전화번호를 입력했다. 통화 연결음은 오래가지 않았다.

무엇까지 만들 수 있나요.

내가 묻자

네?

하고 수화기 너머 여자가 당황한 듯 되물었다.

비누 말이에요. 비누. 무엇까지 만들 수 있나요?

내 말에 여자는 작게 웃었고 다른 일을 하던 도중이었는지 물 흐르는 소리가 들렸다.

만들고 싶은 건 다 만들 수 있어요. 재료만 있다면요.

여자는 나긋나긋하면서도 의기양양한 목소리로 대답했다.

고양이는요?

고양이도 가능해요.

여자는 별것도 아니라는 듯이 대꾸했다.

틀렸어요.

내가 말했다.

여자는 잠시 말을 멈췄다.

틀렸다고요.

나는 여자의 입이 벌어지는 소리가 들리는 동시에 전화를 끊었다.

멍청이들. 비누로 고양이를 어떻게 만들어. 비누로 장미를 어떻게 만들어. 비누는 그저 비누일 뿐인데.

나는 땅에 발을 두어 번 구르다 다시 걷기 시작했다. 신발 밑창이 더 무거워진 기분이었다.

환락송까지 걸어가며 신발 밑창을 생각하다가, 밑창의 고무를 생각하다가, 천연과 합성에 대해서 생각하다가, 천연이란 합성이 있기 때문에 생겨난 이름이며 합성 역시 천연이란 말이 있기에 존재할 수 있는 이름이라고 생각하면서, 그렇다면 나는 천연 우주인가 합성 우주인가 생각했다.

환락송에 도착했을 때 그 누구도 고래를 정리하지 않았음을 알아차렸다.

고래는 집채만 하다.

슈퍼는 고래만 하다.

죽음은 집채만 하다.

모든 것들은 살아있는 것들에 한해서 단정 지어졌다.

죽음은 고래만 하다.

죽음은 정심 아저씨 눈물의 무게다.

나는 고개를 휘휘 저었다.

죽어본 적 없는 사람들일수록 죽음에 대해 더 큰 목소리로 말했다. 그것은 일종의 기도와 같은 것이었다. 결코 오지 않을 그 대답에 대해서 스스로 유추하는 일. 그것을 정답이라 생각하며 살아갈 수밖에 없는 일.

나는 오도카니 무너진 슈퍼를, 고래를, 죽음을 쳐다보았다. 주인은 천장에 깔려 죽었을까. 제 몸 위로는 천장밖에 없어 뻥 뚫린 하늘을 바라보았을까. 제 몸 위로 밤하늘이 쏟아진다고 느꼈을까. 어쩌면 마지막 힘을 다해 구석에 몸을 웅크리고 있는 고양이를 끌어안았을지도 몰랐다.

슈퍼 주인은 슈퍼 구석 골방에서 살았다. 슈퍼보다 더 작은 공간. 공간 안의 공간. 비디오감상실의 화장실처럼, 그 미로 같은 공간 속에서. 외부와 내부의 경계 따위는 없는 그런 곳에서.

나는 앞을 향해 걸었다. 암릉산을 빙 둘러 걸었다. 묘하게 호

흡이 가팔라졌다. 강가에 가까워지자 모든 기억이 사라지고 나와 강만이 존재하는 독립적인 세상이 된 것 같았다.

나는 뒤를 돌았다. 내가 걸어온 길을 잠시 쳐다보았다. 그리고 다시 앞을 향해 걸었다.

앞과 뒤는 내가 정하는 것이다. 주어진 길 안에서 앞과 뒤의 방향은 내가 정하는 것이다. 나는 중얼거렸다.

나는 강과 이어진 언덕을 내려왔다. 머리 없이 내려오는 길이 낯설었던 탓에 넘어질 뻔했지만, 단단한 흙 사이 더 단단하게 박힌 바위를 발판 삼아 내려왔다.

풀 속으로 들어섰을 때 길고 날카로운 풀들에 잘못 스쳐 얇은 생채기가 났다. 나는 손가락에 침을 발라 상처를 문지르며 강을 향해 고개를 돌렸다.

강의 냄새는 맡는 것이 아니라 벽이 무너지듯 와르르 보이는 편에 가까웠다. 나는 강을 바라보고 앉았다. 나는 냄새를 바라보고 앉았다.

항상 강가에서는 비린내가 났다. 강의 냄새. 정확히 말해 수많은 물고기가 배설하고 또 배설한 것들이 부유하며 만들어낸 그 냄새. 그 냄새를 들이마시면 숨을 쉬고 있는 것 같지 않았다. 그러므로 비린내는 나를 안심시키기에 알맞았다. 엄마에게서 나는 냄새와 같은 것이었으니까.

나는 단전부터 숨을 끌어올려 내뱉고, 다시 들이마시기를 반복했다. 냄새는 상황과 비슷했다. 오래도록 머물면 익숙해진다.

메리야. 우리는 언제나 고통 속에 있는걸.

메리야. 고통은 언제나 우리 속에 있는걸.

나는 메리에게 해야 할 말을 생각했다. 두 문장을 입속에서 굴렸다. 무엇이 주어가 되어야 할까. 고통일까. 우리일까. 무엇이 무엇을 품고 살아갈까.

새의 날갯짓 소리가 다시 들렸다. 나는 주어에 대한 생각을 멈추고 하늘을 올려다보았다. 멀지 않은 허공에서 크고 검은 새가 날고 있었다. 독수리인가 하면 아닌 것 같았고 또 다른 맹금류인가 하면 독수리 같았다.

새는 훨훨 날지도, 푸드덕푸드덕거리며 날지도 않았다. 누군가의 복부를 내리치듯 퍽퍽퍽 소리를 내고 있었다.

순간 새가 날고 있을 때면 하늘이 고통스러울 것만 같다고 생각했다. 누군가의 자유를 위해 고통을 감내하는 것이라고.

새가 높이 오를수록 하늘은 더 깊숙이 찢길 것이다. 나는 하늘의 고통을 달래주기 위해 처음으로 기도했다.

✦ 27

학교를 향해 걷고 있을 때, 저 멀리 메리가 보였다.
메리 앞으로 작은 고양이가 빠르게 지나가고 있었다. 자세히 보니 꼬리가 잘린 고양이였다. 날렵하게 움직였지만, 곧 중심을 잃어 휘청거리는 것만 같았다. 나는 메리가 고양이를 향해 손을 뻗어 다가가는 것을 가만히 지켜보았다. 저 고양이는 움켜쥘 꼬리가 없어 운이 좋다고 생각하면서.
메리는 자동차 아래로 숨어든 고양이 앞에 쭈그려 앉았다. 그러고는 인사를 건네듯 손바닥을 내밀었다.
고양이는 나오지 않았다.
괜찮아.
메리가 고양이에게 말했다.
정말 괜찮아. 베리야.
메리가 덧붙여 말했다.
고양이 베리는 조금씩 자동차 아래에서 기어 나왔다. 메리는 놓칠세라 재빨리 두 손바닥으로 고양이 베리를 낚아챘다. 나는 눈을 질끈 감았다.
아무런 소리도 들리지 않았다. 날카로운 고양이의 비명도, 메리의 웃음소리도.

나는 눈을 떴다.

메리는 고양이 베리를 다정한 손길로 천천히 쓰다듬고 있었다. 꼭 기도라도 하듯이, 오래도록 고양이 베리를 기다려왔다는 듯이. 그뿐이었다.

메리는 나를 발견하고 통통 부푼 제 코끝을 움찔거렸지만, 내게 아무런 말도 하지 않았다.

그사이 고양이 베리는 메리의 품에서 요란하게 튕겨져 나갔다. 다시 자동차 아래로 사라졌다.

메리와 나는 마주 보고 섰다. 그리고 동시에 입을 뗐다.

환락송으로 가자.

하지 못한 말들이 많아질 때면 우리는 환락송으로 향했다. 그것은 우리만의 규칙이었고 법칙이었으며 하늘이 정해주지 않아도 알 수 있는 어떠한 위로의 형태였다.

정심 아저씨는 환락송으로 돌아갔을까. 궁금해졌다.

✦28

정심 아저씨는 카운터에 앉아 책을 보고 있었다. 머리 위에서 떨어지는 조명 탓에 정심 아저씨의 얼굴에 빛과 그림자가 교차

하고 있었다.

그건 무슨 책이에요?

메리가 물었다.

책이 아니야.

정심 아저씨가 미소를 띤 채 대답했다.

그럼 뭔데요.

메리가 고개를 주욱 빼낸 채 말했다. 저건 곽태주 씨의 말씀이지. 나는 속으로 말을 삼켰다.

말씀이다.

정심 아저씨가 대답했을 때 나는 나도 모르게 웃음이 튀어나왔다.

우리는 아저씨에게 받은 단팥빵을 들고 4번 방으로 들어갔다.

꼭 내 집 같아. 여기는.

메리가 중얼거렸다.

정말로. 아니 정말로 말이야. 여기에 있으면 마음이 좋아져. 노래도 마음껏 부를 수 있고 탬버린도 있고. 재미있는 것들투성이잖아. 내가 내는 소리만 들을 수 있어.

메리가 덧붙여 말하며 탁자에 엉덩이를 풀썩 걸쳤다가 금세 스프링이 튀듯 몸이 붕 떠올랐다. 나는 그 광경을 가만히 바라만 보고 있었는데 메리가 검지를 들이밀며 호들갑을 떨었다.

저것 봐.

나는 메리 쪽으로 다가갔다. 메리의 검지가 가리키는 곳은 콘크리트를 덧대어 만들어진 벽이었다. 마치 비디오감상실의 텔레비전처럼 툭 튀어나온 벽이었다. 엉성하고 억지스러웠다. 그리고 그 벽은 소파에 가려져 있었다. 우리는 소파를 밀어냈다.

구멍이 있었다. 완벽하게 의도된 구멍이.

아이 하나가 쪼그리고 앉을 수 있을 정도의 크기였다. 팔을 뻗으니 끝이 닿았다. 아주 차갑고 눅눅한 기분이 손끝에서부터 타고 올랐다.

우리는 구멍을 살펴보기 위해 먼지 쌓인 바닥에 납작 엎드렸다.

그냥 구멍이잖아.

내가 말했다.

응?

그냥 구멍이야.

잘 봐.

구멍이라니까.

바깥이랑 연결되어 있는 걸까?

여기는 지하인데.

지하는 바깥이랑 이어지지 않아?

아무렴.

메리는 골똘히 생각했다.

왜 있을까.

그러게.

구멍에는 뭐가 있는 걸까.

메리는 정말 궁금하다는 표정으로 나를 쳐다보았다.

구멍에는.

나는 말을 하다 말고 다시 입을 다물었다. 그러게. 정말 구멍에는 무엇이 있을까. 나는 계속 망설였다. 그리고 깨달았다.

구멍에는 아무것도 없어. 그러니까 구멍인 거지.

나의 말에 메리는 정답이 아니라는 듯 고개를 세차게 휘저었다.

구멍에는 모든 것이 있지. 그러니까 구멍인 거야.

메리가 말했다.

✦29

우리는 금세 구멍에 대해 흥미를 잃고 노래를 부르기 시작했다. 메리는 울트라맨을 부르지 않았다. 대신 잔잔하고 무거운 발라드를 진지하게 부르기 시작했다. 익숙한 노래였지만, 메리의 입에서는 완벽하게 다른 노래가 되었다. 메리는 눈을 감은 채 부르고 있었는데, 메리의 목소리를 따라 메리의 슬픔이 느껴졌다.

그 모습은 꼭 이곳에 가두어져 온종일 같은 노래만 부르라는 명령이 입력된 인형처럼 보였다.

나는 무섭고 이상한 기분이 들었다.

메리야. 진지해지지 마. 진지해지지 마.

나는 속으로 기도했다.

진지해진다는 것이야말로 어른이 되어간다는 뜻이 분명했으니까.

메리는 노래가 끝나고도 마이크를 쥐고 있었고 그 손끝이 점점 붉어졌다. 화면에는 48점이라는 메리의 점수가 나왔다. 나는 메리가 더 슬퍼지기 전에 메리의 마이크를 뺏었다.

긴기아난은 어떻게 됐어.

나는 마이크를 메리처럼 쥔 채 물었다.

긴기아난?

메리가 눈을 크게 떴다.

응.

아.

메리는 눈동자를 시계 방향으로 굴렸다.

글쎄. 아직 시간이 얼마 지나지 않았잖아.

그래도 락스를 부었는데?

나는 뿌리부터 썩어가는 풀들을 떠올렸다. 녹색이 모조리 사라진 무색의 풀을. 어쩌면 기다란 잎을 가진 모든 풀들은 비디오감상실을 찾은 수많은 이들의 고독으로 길어져 버렸을지도 모른다는 생각을 했다.

우리 그만 부르자.

내가 말했다.

왜?

자꾸 슬퍼지잖아.

당연하지. 나는 지금 슬프니깐.

왜?

살다 보면 그럴 때도 있는 거야. 고독 말이야. 고독. 그런 것도 모르니?

나는 굳이 대꾸하지 않았다.

넌 정말 아무것도 모르는구나.

나도 알아.

그래서, 고독이 뭔데?

메리가 쏘아붙였다.

엄마의 전부가 내가 아닌 거.

메리는 내 말에 고개를 갸우뚱했다.

그럴 수도 있지.

메리가 말했다.

왜?

왜라니. 왜 네가 전부가 되어야 한다고 생각해?

그야. 엄마가 딸을 사랑하는 건 당연한 거니까.

우주야. 이 세상에 당연한 것은 없어. 네 세상에는 엄마가 전부니?

응.

내 대답에 메리는 잠시 입을 다물었다.

아주 좁은 세상이구나.

그리고 다시 말했다.

우리는 아무 버튼이나 누르고 스피커에서 흘러나오는 낯선 멜로디를 들었다. 그동안 메리는 무언가를 고백하고 싶은 사람처럼 입술을 계속 움찔거렸다.

멜로디가 멈췄고, 화면에는 0점이 떠있었다.

나 오늘 고양이를 죽였어.

메리는 꼭 '나 오늘 볶음밥을 먹었어.' 하고 말하는 것처럼 말했다.

응?

고양이를 죽였다니깐.

나는 메리의 말에 '그럴 수도 있지.'라고 대답할 수 있었지만 그러지 않았다.

누가?

내가.

어디에서?

학교에서.

왜?

그야 그냥 죽여보고 싶었으니까.

왜?

왜, 좀 안 하면 안 될까?

왜?

메리는 잔뜩 얼굴을 구겼다.

엄마한테 걸리지 않고 단숨에 죽어가는 것을 볼 수 있거든.

그래도 잘 묻어줬어. 운동장 뒤편에.

세상에. 드디어 미쳤구나.

메리가 흐흐흐 하고 평소와 똑같이 웃었다.

나는 메리를 보면서 고양이 베리를 쓰다듬었던 메리의 모습을 떠올렸다. 가느다랗게 말라버린 고양이 베리의 등뼈를 따라 움직이던 그 손을. 메리는 고양이를 해칠 수 있는 사람이 아니다.
미치지 않고 어떻게 살 수 있겠니.
메리가 웃음을 멈추고 대답했다.

✦30

우리는 환락송에 삼십 분을 킵해 놓았다. 우리는 더 이상 노래를 부를 기분이 아니었다. 정심 아저씨는 여전히 말씀을 읽느라 정신이 없었다.
우리는 낭만 상가로 향했다.
볼링 치러 갈래?
메리가 문득 생각난 듯 볼링장을 가리켰다.
가게는?
내가 묻자
괜찮아. 엄마는 지금 기도하고 있을 걸?
메리가 대답했다.

우리는 비디오감상실을 지나쳐 3층으로 올라갔다.

'대결 볼링클럽!' 이라니. 유치해. 느낌표는 왜 세 개나 붙은 거니?

내 말에 메리가 스멀스멀 웃었다.

직관적이고 좋잖아. 그럼 볼링장에서 대결을 하지, 사랑을 하겠니.

대결 볼링클럽의 사장은 볼링 핀처럼 생겼다. 얼굴이 주먹만큼 작았는데, 그에 비해 몸이 곰처럼 부풀어 있었다.

핀은 문을 들어서는 우리를 의아하게 쳐다보았다. 볼링장은 어른의 냄새로 가득했다. 곧장 몸에 밸 것만 같았다.

너희 둘이 왔니?

네.

학교는?

갔다 왔어요.

너희는 아직 이런 곳에 오면 안 돼.

왜요?

아직 아이잖니.

저희도 어른까지 얼마 남지 않았어요.

메리의 말에 핀이 와하하 웃었다.

너희는 저 무거운 공을 들 수조차 없을 거야.

괜찮아요.

안 돼.

핀은 느낌표를 세 개나 붙인 것처럼 말했다.

정말 괜찮아요. 한 번만 하게 해주세요. 네? 제발요. 제가 오늘 하루가 너무 힘이 들어서요. 네? 저희도 충분히 돈이 있다니까요.

우리는 빌었다.

잘못을 한 아이가 신에게 죄를 빌듯 핀에게 게임을 한 번만 하게 해달라고 싹싹 빌었다.

핀은 고개를 절레절레 흔들었지만 '딱 한 판 만이다.' 하고 선심 쓰듯 허락했다.

메리가 나의 얼굴 가까이 제 얼굴을 붙였다. 달콤한 메리의 숨 냄새가 났다.

웃기지도 않아. 이까짓 게 뭐라고.

메리가 비아냥거렸다.

우리는 볼링화로 갈아 신고 레인 앞에 나란히 섰다.

어떻게 해야 하는 거지?

카운터에서 핀이 흘끔흘끔 우리를 쳐다보는 것이 느껴졌다. 당장에 '그럴 줄 알았어.' 하고 소리를 지르며 우리를 쫓아낼지도 몰랐다.

쫄지 마.

메리가 나의 어깨를 툭툭 쳤다.

그냥 굴리기만 하면 돼.

메리는 볼링 레일에서 녹색과 붉은색과 검정색이 요란하게 섞인 볼링공을 두 손을 받쳐 들었다.

꼭 오로라 같아. 그치? 우주야.

메리가 환하게 웃었다.

오로라를 본 적도 없으면서.

내 중얼거림에도 메리는 들리지 않는다는 듯이 오로라 볼링공을 다시 내려놓았다. 그리고 가벼운 파운드의 볼링공을 찾기 위해 여러 개의 공을 들었다 놓기를 반복했다.

여기 숫자가 적혀 있잖아. 바보야.

나는 볼링공에 적힌 파운드 숫자를 가리키며 말했다. 메리가 입술을 삐죽 내밀었다.

메리는 6이 쓰인 노란색 공을 선택했다. 세 개의 지공에 세 개의 손가락을 집어넣었다.

딱 맞잖아. 꼭 처음부터 내 것이었던 것처럼.

메리가 레인 앞으로 성큼성큼 걸어갔다.

그렇게 가벼운 볼을 던지면 아무것도 쓰러트릴 수 없어.

내가 메리의 등을 향해 말했지만 메리는 상관하지 않았다.

메리는 앞으로 뛰어가며 공을 든 손을 하늘을 향해 뻗었다가 다시 레인 위에 툭 하고 떨어뜨렸다. 공은 일직선으로 굴러가지 않고 오른쪽으로 휘어지다가 거터에 빠졌다.

메리가 소리를 꽥 지르며 돌아왔다.

메리의 점수는 0점이었다.

나는 10파운드의 공을 들었다.

세 개의 구멍이구나.

레인 앞에 선 채로 볼링 핀들을 바라보며 생각했다.

저곳에 악마가 있는 것이다. 저곳에 악마가 있는 것이다.

볼링 핀 너머의 어두운 공간이 꼭 끝을 알 수 없는 커다란 구멍처럼 보였다.

또다시 구멍이구나.

어둠 속에서 누군가 나를 쳐다보고 있는 느낌이 들자 볼링 핀이 꼭 악마의 혓바닥처럼 보였다.

나는 10파운드의 온전한 무게를 손끝으로 느꼈다. 그리고 생각했다.

무겁고 둔탁하구나.

고단한 무게구나.

이곳은 온갖 종류의 온갖 무게를 버티는 곳이구나.

공은 돌아가는 것일까, 떠나가는 것일까.

공이 가고 싶은 방향은 어디일까.

어차피 내가 원하는 방향은 없다.
어차피 내가 원하는 방향은 없다.
어차피 내가 원하는 방향은 없다.

✦31

공이 레인을 따라 힘차게 굴러가기 시작했다.

✦32

메리 여왕의 비극은 아름다움에서부터 시작한다는 거야. 메리 여왕이 아름답지 않았다면, 메리 여왕의 손이 부르트고 거칠었다면, 그녀는 뱃사공에게 들키지 않고 탈출을 할 수 있었을 거라고. 아름다움이란 결국 모든 것을 파괴시키기에 알맞은 말인 거지. 어차피 파괴될 것이었다면, 내가 먼저 파괴시키는 게 뭐가 나빠? 우주야. 네게 아름다운 것이 무엇이니. 내가 전부 다 부서뜨려 줄게. 내가 전부 엉망진창으로 만들어줄게.

메리는 자주 나의 꿈에 등장해 아름다움에 대해 떠들었다.

메리야. 너는 아름답지도 않은 주제에 왜 이름을 메리라고 지은 거니.

내가 묻자 메리는 건조된 빨래처럼 굳어 있다가 깔깔깔 웃기 시작했다.

자꾸만 살려낸들 뭐 하죠. 어차피 또 망가뜨릴 거면서.

메리가 말했다.

잠에서 깨어났을 때도 메리의 웃음소리가 나의 몸을 통과하고 있는 것 같았다.

✦ 33

메리가 학교에 나오지 않았다.

교실은 소란스러웠고 내가 들어서자 순식간에 조용해졌다가 금세 다시 시끄러워졌다.

무리 중 한 명이 벌떡 일어섰다. 그리고 내게 걸어오기 시작했다. 그 뒤편으로 오, 오 환호 소리가 들렸다.

친구야.

하고 나를 부르는 목소리가 들렸다. 친구라니. 소름이 끼쳤다.

너도 알고 있지?

나는 고개를 들었다. 화장을 하고 있던 중이었는지, 아이라인을 한쪽만 그린 파마머리가 물었다.

어제 문형은이 고양이를 죽였대.

파마머리가 이죽거렸다.

그랬니?

나는 요란하게 기침하는 척했다.

너희가 사람이니?

파마머리는 얼굴을 온통 구겼다.

고양이가 얼마나 아팠겠어. 응? 그걸 아주 보란 듯이.

파마머리가 꼭 죽은 고양이처럼 혓바닥을 주욱 내밀었다.

그럴 줄 알았어. 나는 정말 너희가 그럴 줄 알았다니까. 처음부터 그런 생각이 들었단 말이지. 사고를 쳐도 아주 대단한 사고를 치겠구나. 둘이 딱 달라붙어서 이상한 이름으로 불러댈 때부터 말이야.

파마머리가 팔짱을 끼며 말했다.

나는 이상한 이름으로 불러달라고 한 적 없어.

이상한 이름, 이라는 말에 나는 조금 발끈했다.

어쨌든 문형은 걔는 엄마도 이상하다며. 이상한 집이라며. 멀쩡한 척하면서 뒤로는 이 짓 저 짓 더러운 짓 모두 다 한다던데.

사실이니?

나는 대꾸하지 않았다.

어머.

파마머리가 두 손바닥을 제 얼굴에 붙이며 과장되게 놀라는 척했다.

너도 같이 했구나.

파마머리가 스멀스멀 웃자 뒤편으로 우, 우 경멸의 소리가 들렸다.

나는 파마머리에게 시선을 뗀 채 책상에 납작 엎드렸다.

경멸의 소리가 웃음소리로 바뀌었고 또다시 욕지거리로 바뀌었다. 나는 그들의 목소리를 똑똑 떼어내어 씹어 먹고 싶은 기분이 들었다.

끼리끼리는 사이언스지.

누군가 말했다.

✦ 34

나는 운동장 뒤편에 도착했다. 메리가 고양이를 묻었다는 곳. 나는 가만히 서서 생각했다. 메리는 절대 고양이를 해치지 않았을 것이다. 메리는 사람보다 고양이를 더 사랑하는 사람이니까.

아무 이름도 없는 꼬리가 잘린 고양이에게 베리라고 불러주는 사람이니까.

나는 손가락만큼 솟은 아주 작은 둔덕을 발견했다. 투명하구나. 투명해. 아이들이 메리를 골리기 위해 만들어놓은 것이라고 생각했다. 아무것도 없다는 것을 증명해야 했다. 나는 땅을 파기 위해 쭈그려 앉았다.

나는 손바닥을 흙 속으로 밀어 넣었다. 손바닥 가득 흙의 감각을 느꼈다. 차갑고 서늘하지만, 무언가 꿈틀거리는 것 같은 이상한 감각을.

한참 흙을 파헤치자 무언가 보이기 시작했다.

꼬리였다. 그 형체는 고양이의 것처럼 보이지 않았다. 존재하지 않았던 길고 따뜻한 새로운 생명체를 찾은 기분이었다.

나는 꼬리를 덥석 잡아보았다.

따뜻한가 싶으면 차가운 것 같았고, 차가운가 싶으면 따뜻한 것 같았다. 마치 잠을 자던 메리처럼.

나는 고양이 꼬리 잡기를 그만두었다.

누군가의 인기척이 들려 돌아보았을 때는 아무도 없었다. 나는 다시 흙을 파서 누구도 찾을 수 없도록 꼬리를 더 깊숙이 밀어 넣었다. 아무 일도 없었던 것처럼. 그러고는 다시 흙을 평평하게 다듬었다.

메리의 짓이 아닐 것이다. 아니어야만 했다.

그 고양이가 정심 아저씨의 고양이일 것만 같았다.

다음 날에도 메리는 학교에 나오지 않았다. 나는 또다시 메리 취급을 받아야 했다.

죽은 고양이를 다시 파냈다니깐. 진짜 미친 짓인 거지.

누군가의 말에 나의 코는 발효시킨 빵처럼 크게 부풀었다.

그들은 내게 말했다.

끔찍스러워. 정말. 고양이는 너희와 달라. 자격이. 너희는 달라. 고양이는. 꼬리를. 어디서. 못해. 작고 소중한 거야. 네가. 용서를. 역겨워. 감히.

모든 말들이 파편이 되어 들렸다.

나는 이를 앙 다물었다. 턱뼈에 균열이 생기는 기분이었다.

문형은이 아니라 쟤가 고양이를 죽인 거야. 범인은 다시 현장에 돌아온다잖아. 누가 봤대.

학교는 여전히 시끄러웠고 여자아이가 한 명이라도 있는 곳에는 언제나 그렇듯 추문이 따랐다.

나는 오랫동안 바람에 부풀고 있는 커튼을 쳐다보았다. 모든 것이 정지한 것 같았다.

35

정심 아저씨는 아직도 필사를 끝내지 못하고 있었다.
그건 언제 끝나는 거예요?
나는 메리처럼 고개를 주욱 빼고 정심 아저씨의 노트를 쳐다보았다.
끝이 없다. 끝이 없어.
정심 아저씨는 고개를 처박은 채 대답했다.
나는 정심 아저씨의 다음 말을 기다렸다. 정심 아저씨는 아무런 말을 하지 않았다. 문득 고개를 들었을 때 '아직도 거기 있니' 라는 눈빛으로 나를 쳐다볼 뿐이었다.
4번 방으로 가.
정심 아저씨가 손짓했다. 나는 여전히 그곳에 서 있었다. 정심 아저씨가 다시 고개를 들어 방금 전과 똑같은 표정을 지었다.
단팥빵은요?
내가 묻자
오늘은 혼자 왔으니까 없어.
정심 아저씨가 대답했다.
나는 멍하니 정심 아저씨를 쳐다보았다. 정심 아저씨는 왜냐고 묻는 대신 고개를 작게 갸웃거렸다.

반만 줄 수는 없어.

왜요?

그건 온전한 상태가 아니니까.

아저씨와 제가 반을 나눠서 먹으면 되잖아요.

정심 아저씨가 고개를 절레절레 저었다.

나는 누구하고도 나누지 않아. 그리고 나는 팥이 싫어. 이에 진득하게 달라붙어서 온종일 찝찝하거든.

나는 고개를 끄덕이자 정심 아저씨는 다시 고개를 깊숙이 숙였다.

고양이는 찾았어요?

내 말에 정심 아저씨가 고개를 퍼뜩 들었다.

찾았어.

거짓말.

정말이야.

고양이는 제가 찾았어요. 아저씨 고양이를 제가 찾았다니까요. 원래 길고양이는 다 비슷하게 생겼어.

정심 아저씨가 더 이상 관심 없다는 듯 손을 휘휘 저었다.

✦ 36

나는 우울한 기분으로 울트라맨을 열 번 불렀다.

✦ 37

역시 울트라맨이 되기엔 아직 벅찼다. 목에서 가래가 끓었다. 나는 가래를 바닥에 뱉었다. 그리고 발목을 비틀어 바닥에 비벼댔다. 바닥에 더러운 얼룩이 남았다.
순간 뒤를 돌았다.
걸음을 옮겨 끙끙거리며 소파를 밀었다. 구멍이 드러났다. 나는 쪼그려 앉아 구멍을 쳐다보았다.
나의 크기구나.
나와 꼭 맞는 크기구나.
누군가 짜놓은 나의 관처럼.
나는 탈옥을 하기 위해 숟가락으로 벽을 파낸 영화의 한 장면을 기억해 냈다. 누군가 이곳을 탈출하려고 한 건지도 몰랐다. 어쩌면 정심 아저씨가 매일 밤 누군가를 가둬놓고 있을지도 몰랐다.

나는 구멍과 눈을 맞추듯 구멍 앞에 한참을 앉아있었다. 구멍이 숨을 쉬는 것만 같았다. 습기 탓이었다.
축축하고 불길했다. 대체로 구멍이란 그런 것이니까.

내 몸이 이 구멍을 채울 수 있다면,
4번 방은 텅 비어버릴 것이다.
이 구멍은 처음부터 없었던 것처럼 사라질 것이다.

그때, 문이 열렸다. 정심 아저씨였다.
정심 아저씨는 '왁' 소리를 지르며 가까이 달려왔다.
정심 아저씨는 나를 보고 있는 것이 아니었다.
정심 아저씨는 구멍을 보고 있었다. 눈을 커다랗게 부릅뜬 채로.
안 돼. 안 돼.
정심 아저씨가 중얼거렸다.
이곳은 안 돼.
왜요?
정심 아저씨는 대답 대신 금세 축축한 빨랫감처럼 우울한 표정을 지었다. 오랫동안 물속에 담긴 채로 평생을 꺼내지지 않았을 얼굴이었다.
우리 엄마를 데려와야 해. 우리 엄마는 정말 외롭거든. 우리 엄마는 항상 나와 함께 있기를 바랐어. 이제는 함께 있을 수 있어. 엄마를 데려와야 해. 우리 엄마 지금도 외롭다고 말하고 있어. 혼자서 살려달라고 말하고 있다니깐. 내가 들어줘야 해. 우리 엄마의 소원을. 내가 함께 있어줘야 해. 우리 엄마는 혼자 말하고 혼자 듣고 있어. 그건 너무 슬픈 일이야. 정말이지 너무 슬픈 일이야.

나는 정심 아저씨의 말을 가만히 들으면서도 '그게 구멍이랑 무슨 상관이지'라고 생각했다.

그래서요.

엄마를 데리고 올 거야. 그리고 꽁꽁 숨겨놓을 거야. 다시는 헤어지지 못하게. 누구도 찾지 못하게. 누군가에게 걸려버린다면 우리 엄마는 이 세상에서 추방당할지도 몰라.

정심 아저씨는 울먹거렸지만, 방금 전 고양이를 찾았다고 휘휘 손을 젓던 모습이 겹쳐졌다. 시간이 지나면 '원래 엄마들은 다 비슷하게 생겼어.' 하고 손을 휘저을 것만 같았다.

그래서 구멍에 넣으려고요?

…….

이 구멍은 너무 좁은데요.

넓히면 돼.

기껏해야 내가 들어갈 수 있는 크기예요.

괜찮아.

아저씨도 제정신이 아니네요.

내 말에 정심 아저씨는 고개를 저었다. 다시 끄덕였다. 그리고 또다시 저었다.

비밀이야.

네.

정말이야. 우리끼리의 비밀이야.

알았다니까요.

이 사실을 알면 누구라도 이곳을 박살 내 버릴지도 모른다고. 슈퍼처럼.

네.

아저씨는 울고 있었다. 눈물이 턱에서 떨어지고 있었다. 정심 아저씨의 엄마 때문인지, 곧 박살 나버릴 수도 있는 환락송 때문인지. 어쩌면 우리에게 비밀이 생겼기 때문일지도 몰랐다.

우리한테 비밀이 생겼네요.

내가 말했다.

그건 좋은 게 아니야.

정심 아저씨가 훌쩍거리며 대답했다.

나는 정심 아저씨의 말을 온전히 이해했다.

비밀이란 일종의 폭력이었다. 비밀을 가진 자는 모두가 외로워질 수밖에 없었다. 그렇기에 비밀을 가진 자는 모두가 똑같은 모습이었다.

이건 비밀인데.

그런 목소리가 들려오는 것 같았다.

비밀이란 결국 피동태였다. 절대적인 타인의 시선이 있어야만 가능한 것. 감추는 순간, 존재한다.

누군가 말한다. 비밀을 풀어줘. 그건 아주 오래전의 상태로 되감는 일에 가까웠다. 엉켜있는 테이프가 풀리는 것처럼. 처음의 상태로.

처음의 상태. 처음이 어디일까. 비밀이 생긴 시점일까. 그보다 훨씬 오래전. 그럼 어디일까. 어디까지 돌아가야 처음의 상태가 될 수 있을까. 아버지의 사고 날일까. 아니다. 슈톨렌을 먹던 날일까. 나는 고개를 저었다. 알 수 없었다. 누구도 알려고 하지 않았다. 그래서 사람들은 비밀을 없애려고 할 뿐이다. 나의 비밀을 알고 있는 얼굴과 목소리들을 모조리 없애려고 할 뿐이다. 그렇게 하면, 처음의 상태로 돌아가게 될 것이라 믿으면서.

✦38

나는 환락송을 나와 천천히 걷기 시작했다.
기껏해야 내가 들어갈 수 있는 크기예요.
나는 내가 했던 말을 되까렸다.
나와 꼭 맞는 크기구나.
누군가 짜놓은 나의 관처럼.
내가 들어갈 수 있다면 메리도 들어갈 수 있을 것이다. 메리를 만나야겠다고 생각했다.
매일 밤 내게 탈출을 시켜달라고 애원하는 메리의 얼굴이 둥둥 떠올랐다.

✦39

나는 403호 초인종을 눌렀다. 부잣집에서나 들리는 묵직한 차임벨 소리가 3동에서 울렸다.
곽태주 씨가 문손잡이를 쥔 채로 모습을 드러냈다.
어쩐 일이니?
곽태주 씨는 평이한 목소리로 말했지만, 빠르게 나를 위에서 아래로 훑었다.

기도하러 왔어요.

나는 거짓말을 했다.

지금은 기도를 하는 시간이 아닌데.

곽태주 씨의 눈이 가느다랗게 변했다.

기도를 하는데 정해진 시간이 있나요. 저는 계속 기도를 하고 싶어요.

나는 주머니에 손을 넣었다. 천천히 더듬으며 구겨진 현금 이천 원을 꺼내 곽태주 씨에게 내밀었다.

곽태주 씨가 '푹' 하고 웃었다. 그 웃음은 가벼웠지만, 곧장 문이 활짝 열렸다.

다음에는 어머니도 모시고 와.

곽태주 씨는 그렇게 말하면서 이천 원을 낚아챘다. 나는 그 말이 '다음에는 더 많은 것을 가지고 오렴' 하고 들렸다.

나는 더 단정해진 것만 같은 단상을 바라보며 무릎을 꿇었다. 곁눈질로 닫힌 방문이 보였다. 메리의 방일 것이다. 작은 분홍색 리본이 걸려 있었다.

나는 알았다. 메리는 방문에 납작하게 달라붙어 거실에서 들리는 이야기에 집중하고 있을 것이 분명했다. 나쁜 년. 나를 지옥으로 몰아놓고서 고작 방 안에 숨어있는 꼴이라니.
나는 이미 준비된 것처럼 빠르게 분노했다.
곽태주 씨는 나의 등 뒤에 선 채 가만히 나를 지켜보고 있었다. 그래서 움직일 수 없었다.
그제야 집의 냄새가 느껴지기 시작했다.
나는 킁킁거렸다.
곽태주 씨는 된장찌개를 끓였을 것이다. 아마 냉이를 넣었겠지. 향긋한 냉이의 냄새가 코끝을 찔렀다. 적어도 세 가지 이상의 반찬을 내어놓고, 잡곡이 섞인 갓 지은 밥을 한 숟가락 가득 퍼먹고 있었겠지. 미음처럼 희멀건 죽이 아닌, 혓바닥으로 쌀알 하나하나가 다 느껴지는 고슬고슬한 쌀밥. 메리는 곽태주 씨와 마주 앉아 일상의 일들을 주고받았겠지.
나의 교복은 언제나 정리가 되지 않은 채로 널브러져 있었지만, 메리의 교복은 다리미로 깨끗하게 다려져 조금의 구김 같은 것도 없겠지. 나는 어제를 입지만 메리는 오늘을 입겠지.
메리는 곽태주 씨에게 복수를 다짐하면서도 곽태주 씨가 내어주는 모든 것을 꼭꼭 씹어 삼키겠지.
숟가락을 함께 내려놓으며 시간이 어긋나지 않도록, 속도를 맞추겠지.
살짝만 건드려도 부서지는 어떤 연약한 마음이 메리에게는 있겠지.

새벽녘 깨어난 메리의 귀 언저리에 맴도는 제 엄마의 중얼거림이 있겠지.

평화로움을 초여름에 불어오는 나긋나긋한 바람 정도로 느낄 수 있겠지.

그리고 나와는 다른 평화로움이 있겠지.

나는 순간 깨달았다. 갑자기 모든 것을 깨닫는 순간이 살면서 한 번은 있기 마련이었다. 그건 통증에 가까운 것이었다.

메리는 메리 여왕이라는 핑계를 대며 지금 나를 기만하고 있는 것이다. 메리는 모든 것을 가졌으면서도 내가 가진 것을 가지기 위해서 아무것도 가지지 않은 척을 하고 있는 것이다.

나는 꽉 닫힌 방문을 노려보았다. 작고 귀여운 리본을 노려보았다. 메리의 눈을 노려보기라도 하는 것처럼.

그 문 너머에서 메리도 나를 노려보고 있을까. 나는 절대로 눈을 깜박이지 않았다.

그거 아세요?

나는 눈을 부릅뜬 탓에 눈물이 고이는 것을 느끼며 말했다.

메리가 학교에서 고양이를 죽였어요.

곽태주 씨가 등 뒤에 있었기 때문에 표정을 살필 수 없었지만 딱딱하게 굳어져 있을 것이 뻔했다. 얼굴의 모든 근육이 뚝 끊

겨있는 순간일 것이다.

메리가 고양이의 꼬리를 잡고 벽으로 집어 던졌다고요. 제가 아니라 메리가요. 그런데 아이들이 자꾸만 제가 그랬대요. 메리가 아니라 제가요.

나는 교묘하게 거짓말을 섞었다.

메리가 누구니?

곽태주 씨가 물었다. 의아한 목소리였다.

형은이요. 문형은.

어머.

곽태주 씨가 파마머리처럼 놀랐다.

메리라니. 세상에. 귀여워라.

얼굴의 모든 근육이 뚝 하고 끊긴 것은 나였다. 나는 고개를 휙 돌렸다. 곽태주 씨는 묘하게 들뜬 표정이었다.

그래서. 형은이가 어쨌다고?

곽태주 씨가 되물었다.

형은이가… 고양이를….

나는 이상하게 주눅이 들기 시작했다.

그랬니.

곽태주 씨는 내 말을 끊고 대답했다. 너무도 쉽게.

그러게. 형은이가 아주 혼이 나야겠네.

곽태주 씨를 이해할 수 없었다. 내가 고작 한 아이의 턱뼈를 갈겼을 때 나의 엄마는 바닥에 무릎을 꿇고 엉엉 울면서 빌었다. 두 손바닥으로 입을 틀어막은 채 울었다. 그런데 제 딸이 고양이를 죽였다는 사실 앞에서도 꼭 커피를 흘린 것처럼 사소한 반응이라니. 그저 '휴지로 닦아내면 되지 않겠니?' 하는 투로.

메리는 지금 이 이야기도 문에 달라붙어 훔쳐 듣고 있을 것이 뻔했다. 웃음을 짓고 있을까. 만족하고 있을까.

그럼 그것도 아세요?

나는 입꼬리를 억지로 비틀었다.

아줌마가 키우는 긴기아난. 정확히 말하면 아줌마가 키우는 것도 아니죠. 아줌마가 돌아올 때쯤이면 긴기아난은 아무 냄새도 풍기지 않으니까요. 어쨌든 형은이는 그것마저 천천히 말려 죽이려고 그랬어요. 물을 주는 척하면서 그 뿌리를 썩게 만들고 있다니까요. 아줌마는 아무것도 모를 거예요. 곁에서 무엇이 죽어가고 있는지도.

그러니?

곽태주 씨의 말투에는 흔들림이 없었다.

네. 그게 무슨 뜻인지 아시겠죠? 아줌마가 그토록 아끼는 것을 죽여버릴 수 있다는 것을요. 사실 형은이는 아줌마가 죽을 만큼 싫을 걸요? 저라도 그럴 것 같아요.

나의 도발에도 곽태주 씨는 온화함을 유지했다. 균열 하나 없었다. 마지막 한 방이 필요했다.

형은이 아빠도 죽인 거죠?

나는 거의 속삭이듯 말했다.

저는 형은이를 이해해요. 아빠가 없는 슬픔 말이에요. 심장이 발바닥 아래까지 미끄러져 내려간 것 같은 그 기분이요. 그래서 기도를 하는 거예요. 형은이를 위해서.

내 말에 곽태주 씨는 참을 수 없다는 듯 와하하 하고 크게 웃었다. 오래된 껍데기가 쪼개지는 것처럼.

형은이 아빠는 어딘가에서 자기 몫을 다하고 있겠지.

곽태주 씨가 웃음을 거두면서 말했다.

우리는 다만 헤어졌을 뿐이야. 그래서 형은이 아빠는 매달 꼬박꼬박 돈을 보내준단다. 너는 정말 형은이에 대해 아무것도 모르는구나.

곽태주 씨가 재차 말했다.

너는 울트라맨이 되게 해달라는 기도나 하렴.

나는 곽태주 씨의 말에 수치심을 느꼈다. 곽태주 씨는 나를 내려다보고 있었다. 아주 자비로운 얼굴이었다.

아.

하고 두 번째 깨달음을 얻는 순간이었다.

나는 발가락부터 축축해지는 기분이 들었다.

위대하던 당신의 성도 이렇게 시시하게 무너질 줄은 몰랐겠지요. 고작 메리 하나 때문에.

나는 곽태주 씨의 얼굴에 침을 뱉기라도 하는 것처럼 말을 쏟아내고 등을 돌렸다.

✦ 40

메리, 나쁜 년.

나는 403호를 나오며 중얼거렸다. 크고 묵직한 철문이 닫히는 소리가 등 뒤로 들렸다.

메리, 나쁜 년.

나는 한 번 더 말했다.

내가 아무리 호소하고 호소하고 호소해도 아무도 내 말을 믿지 못하게 만들어놨구나.

나는 거리로 나와 걸었다. 그림자가 길게 드리워졌다. 자꾸만 나를 따라왔다.

따라오지 마. 따라오지 마.

내가 아무리 채근해도 그림자는 묵묵히 나를 따라왔다.

나는 그림자를 떼어내기 위해 이리저리 방향을 바꾸며 걸었다. 폴짝. 제자리에서 뛰었다. 빙글빙글 원을 그리며 돌았다.
영혼이란 절대 신체로부터 분리되는 것이 아니야.
나는 엄마의 말을 기억했다.
엄마는 늘 내게 영혼에 대해 이야기했었다.
그런 것도 없다면 너무 슬프지 않을까?
엄마와 아버지는 무엇을 믿었나. 곽태주 씨와 똑같은 믿음을 가졌었을까.
보이지 않는 것들은 느끼면 되는 거야. 지금 우주의 몸속에도 우주의 영혼이 들어서 있는 거거든. 우주야. 가만히 눈을 감고 세계를 감각해 봐. 영혼이란 절대 신체로부터 분리되는 것이 아니거든.
나는 누구든 붙잡고 물어보고 싶었다. 비록 나의 그림자이더라도.
메리는 천국에 갈 수 있나요?
메리도 기도를 하면 천국에 갈 수 있나요?
우리들의 영혼은 아직까지는 아름다운 건가요?
누구도 대답해 주지 않았다.
아니요. 메리는 아주 나쁜 년이거든요.
그러므로 지옥은.

지옥은 지금 여기. 내가 땅을 딛고 서있는 바로 여기일지도 몰랐다.

나는 곧장 미쳐버릴 것만 같은 기분이 들었다.

✦ 41

나는 집으로 돌아와 가만히 엄마를 내려다보았다. 엄마는 꼭 비틀어 짜낸 행주 같았다.

엄마. 이제 아버지를 기다리지 말아요.

내가 말했다.

엄마의 눈동자가 휙휙 허공을 헤매자 곧장 엄마의 눈에서 눈물이 흘러내렸다. 이제 엄마에게 눈물이란 슬픔의 파동이 아니다. 감정의 증거가 아니다. 엄마는 정심 아저씨처럼 흐느껴 울지 않는다. 어깨를 들썩이지도 않는다. 눈을 감을 수 없어 자연스레 눈물이 고이는 생리적인 현상에 불과하다. 그러므로 엄마의 눈물은 예측 가능하다. 눈물이 제 무게를 이기지 못해 중력에 따라 밑으로 흘러내릴 뿐이니까. 엄마는 중력에 이끌리는 사람이다. 이제 엄마는 하나의 사물일 뿐이다.

엄마의 몸은 갈수록 가벼워졌다. 엄마의 몸과 엄마의 영혼 사이의 틈이 좁아졌다. 그러나 눈물만큼은 세상 누구보다도 무거웠다. 그래서 나는 엄마의 눈물을 자주 닦아내야 했다. 팬에 달라붙은 기름때를 닦아내는 것처럼.

엄마. 하나만 물어봐도 돼요?

엄마는 눈동자를 이리로 굴렸다.

엄마의 몸속에 들어서 있다는 그 영혼은 이미 바짝 말라 부서져 버린 것 같았다.

우, 우.

아버지는 천국에 갔을까요?

엄마는 눈동자를 저리로 굴렸다.

그곳은 살아있는 것도, 죽어있는 것도 아닌 상태의 곳이겠지요. 이 세상이 끝나면 다음 세상이 기다린다지만, 맙소사. 천국이라니. 어쩌면 진짜일지도 모르겠지만요. 그곳으로 가면 엄마도 아버지를 기다릴 필요는 없을 거예요.

우, 우.

그런데 말이에요. 그곳에 가는 길은 누가 알고 있을까요. 아무도 모르겠죠. 길의 방향이 있어야 도착할 수 있을 텐데요. 시간이랑 마찬가지인 걸까요. 엄마. 지금 이 순간에도 이렇게 지나가고 있는 시간이요. 분명히 지나가고 있는데 어느 방향인지는 아무도 모르잖아요.

우, 우.

우리는 그런 시간 속에 살고 있는 거겠죠.

우, 우.

방향이 존재하지 않는 세계에서 살면서도 왜 자꾸 방향을 찾아야 하는 건지 모르겠어요. 엄마. 나는 너무 외롭고 답답해요.

우, 우.

밤하늘에도 더 이상 북극성이 보이지 않아요.

우, 우.

엄마는 말이에요. 원소 중에 최고가 무엇인지 알아요?

우, 우.

대답 좀 해봐요.

우, 우.

우우 말고 대답을 하라고.

나는 소리를 꽥 질렀다.

우, 우.

순식간에 나는 슬퍼졌다.

나는 슬펐기 때문에 눈물을 흘리는 것이 아니라 엄마 옆에서, 엄마처럼 누워있기 때문에 자연스럽게 눈물이 흐르는 것이라 생각했다.

이번만큼은 아무도 닦아주지 않을 것이다.

엄마는 내게 별자리를 알려준 적이 있었다. 죽어가는 시간 속에 놓인 아버지를 기다리면서.

누군가를 기다리는 사람들은 대개 두 가지의 모습을 가지고 있었다. 고개를 숙여 땅을 내려다보는 사람과 고개를 들어 하늘을 올려다보는 사람. 기다림의 자세는 각자 다르게 선택된다. 우리는 올려다보는 사람이었다.

이상하죠. 태양을 볼 때는 이상하게 노려보게 되는데, 별을 볼 때는 까무룩 올려다보게 되는 거요.

엄마는 나의 말을 듣고 자신이 지을 수 있는 가장 완벽한 미소를 지어 보였다.

그야 어둠 속에 있을 때는 항상 염원하는 마음을 갖게 되니까.

엄마가 말했다.

우리는 동시에 밤하늘을 까무룩 올려다보았다. 잠시 아무런 말도 하지 않았지만, 엄마와 나는 조용히 닿아있는 것만 같았다. 서로 다른 나무의 뿌리가 스치는 것처럼.

가장 빛나는 것만 찾으면 돼. 그건 아주 쉬운 일이거든. 그러면 주위의 모든 별들을 알 수 있어.

엄마는 하늘을 더듬듯 쳐다보며 말했다.

저기.

엄마는 가장 밝게 빛나는 별을 찾아 손가락으로 가리켰다.

그거 아니? 북극성은 지도가 없었을 시절의 지도였대. 가야 할 길의 방향을 찾는 지표라는 말이지. 저것 봐. 북극성은 절대로 혼자 존재하지 않아. 북극성에서 일직선에 있는 것이 북두칠성이야. 큰곰자리지.
나는 엄마의 손가락 끝을 바라보았다. 희고 둥글었다.
물음표 모양이네요.
내가 말하자 엄마의 웃음소리가 귓가에서 조용히 들렸다. 나도 엄마를 따라 웃었다.
그렇지. 우주를 올려다볼 때면 머릿속에는 언제나 물음표로 가득할 테니까. 우주야. 느껴지니. 정답은 없어. 정말로. 엄마가 앞으로 우주에게 해주고 싶은 말이기도 해. 우주야. 이 세상에 정답이란 건 없어.

나는 엄마처럼 우우 하고 말해보았다.
그러면 엄마가 나처럼 말할 수 있을 거라고 생각했다.

✦ 42

나는 잠들었다.

꿈속에 또 메리가 나왔다.

우주야. 네게 아름다운 것은 무엇이니. 내가 전부 다 부서뜨려 줄게. 내가 전부 엉망진창으로 만들어줄게. 자꾸만 살려낸들 뭐 하니. 어차피 또 망가뜨려질 거야. 진짜는 그 후에 남는 거거든.

꿈에서 깬 나는 생각했다.
내게 아름다운 것. 아름다운 것.

아름다운 것을 생각하자 엄마와 나란히 보던 하늘이 떠올랐고 아버지의 목소리가 들렸으며, 그때 느꼈던 평화로움이 차례로 느껴졌다.
모두 현재는 없는 것이었다.
아름다운 것이란 없는 것이다.
진짜는 그 후에 남는 것이다.
나는 천천히 고개를 돌렸다. 그곳에 엄마가 있었다. 뜬 건지 감은 건지 알 수 없는, 멍하게 벌어진 두 눈이 보였다. 나는 엄마의 배를 베고 몸을 움츠려 누웠다.
따뜻했다.
피부 너머로 느껴지는 엄마의 체온은 살아있다는 증거는 되겠지만, 그것만으로는 아무것도 증명되지 않는다.

엄마가 언제부터 이렇게 되어버린 건지 알 수 없었다. 어쩌면 애초부터 엄마는 이런 사람이었는지도 몰랐다. 애초에 다정하게 '우주야'라고 불러주었던 엄마는 존재하지 않았던 건지도 몰랐다.

모든 것은 허상이었을까.

그렇다는 건 아버지도 존재하지 않았던 거지. 그럼 나는 천연의 사람이라는 거야. 어느 누구에게도 길들여지지 않은 채 이 세상에 놓여진 사람. 이 세상에 떨어진 생물. 누군가의 힘이 전혀 가해지지 않은 자연의 물질.

나는 천연 우주다.

그 말이 입속에 맴돌았을 때, 나는 벌떡 일어났다. 창문 너머로 불 켜진 창이 하나 보였다. 3동이었다.

밝게 빛나는 곳. 어둠 속에서 저 홀로 빛나는 곳.

나는 손가락으로 층수를 셌다. 4층이라는 것을 알아챈 순간 '메리의 집이구나' 생각했다. 메리의 집은 잃어버린 어둠을 뚫고 선명하게 빛나고 있었다. 북극성처럼.

그 안에서 메리는 스스로를 웅크리고 웅크리고 또다시 웅크리다 못해 바닥에 납작하게 붙어 제 몫의 북극성을 찾고 있을지도 몰랐다.

혼란스러웠다.

아니, 슬펐다.

아니, 그보다 더 지독한 감정이었다.

어쩌면 메리의 구원자가 되어야 하는 것은 나일지도 모른다. 메리를 용서해야 하는 것은 곽태주 씨가 아니라 나일지도 모른다.

✦ 43

엄마의 말은 전부 틀렸어요.

…….

북극성은 저 홀로 빛나니까요. 주변에는 아무것도 없다고요. 북극성 하나로는 도무지 방향을 잡을 수가 없어요.

나는 엄마 곁으로 돌아와 무릎을 꿇은 채 말했다. 그러면서도 왜 엄마 옆에 앉을 때면 언제나 무릎부터 꿇는 건지 여전히 알 수 없었다.

엄마. 우리 이제 북극성을 찾는 일은 그만둬요. 그건 너무 지루해요.

✦44

 푸르스름한 빛이 방 안을 가득 메우기 시작했다. 이제 곧 해가 뜰 것이다.
 아침이 올 것이다. 또 아무것도 없는 날들이 시작될 것이다.
 하지만 나는 이 고요한 방 안에서 더 고요하게 잠든 엄마를 바라보고 있었다.
 엄마를 이토록 오랫동안 바라보고 있었던 적은 없었다. 엄마의 얼굴은 무방비했다. 조금의 경계를 가지지도, 단정하지도 않았다. 엉망진창으로 자라난 붉은 핏줄과 습관이 만들어낸 주름이 자국처럼 남아있었고, 입술은 말라있었다.
 그리고 납작했다. 메리와는 또 다른 납작함이었다.
 나는 엄마를 따라 엎드렸다. 그리고 귀를 기울였다. 듣고 싶었다. 엄마가 내는 소리를. 엄마의 몸이 만들어내는 소리를. 엄마가 살아있음을 증명하는 소리를.
 엄마는 '우우' 말고도 다른 소리를 낼 수 있는 사람이었다.
 그러나 그것은 엄마가 원하지 않을 소리였다. 엄마의 동의 없이 엄마의 몸이 스스로를 소진시키는 소리. 엄마의 뜻과는 상관없이 터져 나오는 생의 마찰음.
 엄마의 몸이 가볍게 들썩였다.

바닥에서부터 물이 차오르는 기분이었다. 등이 축축하게 느껴졌다.

앞으로도 엄마는 내게 말을 걸어주지 않을 것이다.

앞으로도 꽉 막힌 천장 위의 곰팡이를 북극성이라 믿으며 까무룩 올려다보고 있을 것이다.

엄마의 영혼은 사라진 것이 아니라 저 작은 몸이 비좁아 침묵하고 있는 것이다.

엄마의 날개뼈를 완성시켜 주고 싶다.

펄럭펄럭 신들이 사는 곳으로 날아가세요.

엄마의 배가 움찔거렸다.

아니다.

아니다.

나는 이제 엄마를 자유로움으로 놓아준다.

어쩌면 모두 정해진 운명일지도 몰라. 그렇죠?

우, 우.

살아있다는 건 아무것도 바뀌는 게 없다는 거예요. 살아있다는 건 천천히 무너져가는 것뿐이에요. 앞으로 우리가 느껴야 할 것들이 남아있다면, 그건 분명 기쁨이 아니에요. 엄마. 지금도 저 현관문을 열고 아버지가 돌아올 것 같나요. 엄마는 지금 무엇을 기다리세요? 기다리지 않아도 돼요. 결국 이렇게 되려고 모든 것들이 존재하고 있었던 건지도 몰라요. 그 기다림이 끝나야지만 새롭게 시작될 거예요.

우, 우.

그거 아세요? 정심 아저씨의 엄마는 외롭다고 저 혼자 말하고 저 혼자 들었대요. 그런데 엄마. 나는 그게 뭔지 알 것만 같아요. 내가 꼭 정심 아저씨의 엄마가 된 기분이에요. 누구에게도 닿지가 않으니까. 엄마. 전해지지 않은 말들은 그저 누군가의 상상일 뿐인 거예요.

우, 우.

엄마. 나는 이 상상이 너무나 외로워요. 엄마는 이제 내가 보는 것을 함께 볼 수가 없어요. 엄마가 그리워 사무쳐 울 수도 없다고요.

우, 우.

나는 눈물이라도 흘리고 싶은 심정이었지만, 눈물이 나오지는 않았다.

우리에게 죄가 있다면 서로의 몫을 바꾸어 산 것뿐이에요.

나의 말이 끝났을 때 엄마는 두 눈을 천천히 감았다.

나쁜 건지 좋은 건지 알 수 없는 두 번째 꿈이었다.

엄마가 하염없이 걷고 있었다. 두 다리로 땅을 밀고 두 팔을 휘적거리면서, 오래도록 보지 못했던 모습으로, 잃어버렸다고 믿은 자세로 걷고 있었다.

알 수 없는 사람들과 함께였다.

나는 멀리서 그들을 지켜보고만 있었는데 수많은 사람들이 똑같은 걸음걸이와 똑같은 속도와 똑같은 자세로 걷고 있었다.

그들은 아주 천천히 걸었다. 간혹 짐승들이 그들의 뒤를 따르거나 그들 너머에 있는 둔덕을 타고 앞장서 달려가기도 했다. 그중 작은 갈색 고양이도 보였다.

누군가 환하게 빛나는 곳으로 들어서고 있었다.

천국이다.

천국은 그저 눈이 부실 뿐 보이지 않았다.

그들 사이에는 목이 사슴처럼 긴 사람이 있었다. 그 목이 너무 길어 고개를 돌릴 때마다 풀잎처럼 흔들렸다. 나는 순간 그 목을 고이고이 접어보고 싶다는 생각을 했고 그 생각을 마쳤을 때쯤 사슴인간은 나를 쳐다보고 있었다.

사슴인간의 눈은 세 개였다. 내 손가락에 꼭 맞을 것만 같은 크기의 구멍이었다. 그것은 각기 다른 방향으로 휙휙 돌아갔다.

나는 멀리 떨어진 사슴인간을 가까이 보기 위해 다가갔다. 사슴인간은 나를 보고 눈물을 뚝뚝 흘리고 있었다.

죽일 생각은 없었어. 정말로 죽일 생각은 없었어.

사슴인간의 목소리가 안개처럼 공기 중에 머물렀다.

고양이가 자꾸만 꿈에 나와서 나를 할퀴어. 내게 비명을 질러. 고양이가 자꾸만 꿈에 나와. 고양이야. 정말 그럴 생각은 없었어. 나는 꼬리만 조금 쥐려고 했을 뿐이야. 튀어나간 것은 너잖아. 내가 아니라 너 스스로 자멸을 선택한 것이잖아.

사슴인간의 긴 목이 축 늘어졌다.

고양이가 나타났다. 사슴인간의 긴 목을 감싸 안았다.

내가 시시해서 그랬어. 내가 괴로워서 그랬어. 미안해. 미안해. 나는 지옥에 떨어질 거야.

사슴인간의 입에서 긴 혀가 나왔다.

살아있는 것들은 천천히 죽지 않아. 내가 봤어. 정말이지 한 번에 휙. 한 번에 휙.

고양이가 사슴인간의 입속으로 들어갔다.

✦ 45

눈을 떴을 때 본 것은 엄마의 새까맣게 쪼그라든 두 눈동자였다. 엄마가 내 두 눈을 똑바로 바라보고 있었다. 내가 엄마의 두 눈을 똑바로 바라보고 있었다.

나는 화들짝 놀라 튀어 올랐다. 그리고 구석으로 빠르게 기어가 가만히 기다렸다.

그런데 무엇을.

바람이 불었다.
이번에는 정말로 엄마를 옮겨주겠다는 듯 천천히 그리고 아주 길게 바람이 불었다.
엄마의 모습은 평소와 다르지 않았다.
엄마는 언제나 아름다웠으므로.
이제부터 나는 엄마의 코 아래에 손가락을 가져다 대지 않아도 될 것이다.

✦ 46

나는 학교에 가지 않기로 했다.
엄마는 일어나지 않았다. 엄마의 죽음은 단 한 번도 생각해본 적이 없는 일이었다. 이 모든 것은 사슴인간의 꿈 때문이다.
내가 잠든 사이에 무슨 일이 일어났던 걸까. 모든 기억들을 빠르게 훑어본 후에도 나로서는 알 수 없는 일이었다.

더 이상 잠을 자는 내 모습을 지켜봐 줄 사람이 없었으니.

나는 집을 나와 걸었다. 꿈속의 엄마처럼 하염없이 걸었다. 멈춰있는 것보다는 나아가는 편이 아무래도 나으리라 생각했다. 이제 나에게 방향이 사라졌으니, 어느 곳으로 가도 틀린 방향이 아니라는 기묘한 안도감이 찾아왔다.

나는 순간 독수리를 보고 싶었다. 거대하고 날카로운 맹금류를. 강을 향해 걷기로 했다.

한 발자국씩 내디딜 때마다 세상이 비틀려 보였다.

나는 언덕을 내려오다 돌부리에 걸려 뒹굴었다. 분명 단단한 것을 믿는 일은 가장 쉬운 일이었는데.

발목이 아팠다. 걸을 수 없어 가만히 주저앉았다. 검은 새가 하늘을 사선으로 가르며 날아가고 있었다.

독수리구나.

나는 중얼거렸다.

잠시 내려와 줄래?

내가 빌었음에도 검은 새는 제 몫의 방향이 있는 듯이 빠르게 날아가 사라졌다.

나는 허무함을 털고 일어섰다. 발목이 뻐근했지만 참을 만했다.

풀숲을 헤치고 강가에 도착했다. 가만히 앉아 다시 검은 새를 기다렸다. 검은 새는 아무리 기다려도 돌아와 주지 않았다. 그때 물속에서 커다란 물고기 한 마리가 튀어 올라 몸을 비틀었다. 물고기 역시 금세 사라졌다.

누구라도 돌아와 줘.

나는 다시 빌었다.

곧 해가 질 것 같았다. 온 세상이 주황색으로 번져갈 때면 눈을 감아도 온통 주황색이다. 나는 꼭 비디오감상실의 화장실에 온 듯한 기분이 들었다. 정말이지 오렌지색의 빛은 나의 모든 오감을 상실시키기에 충분했다.

나는 옷을 하나씩 벗었다. 돌아오지 않는다면 내가 가면 된다. 나는 벌거벗은 몸이 되었다. 부끄럽지 않았다.

나는 강을 쳐다보았다. 강은 빛이 반사되어 미묘하게 일렁였는데, 그 장면은 한 번쯤 멈춰 서서 감상할 만한 풍경이었다. 내가 강을 쳐다보는 것이 아닌, 강이 나를 쳐다보는 듯한 기분이 들었다.

나는 물속으로 뛰어들었다.

물은 차가웠지만 내 몸은 금세 그 차가움을 나의 일부처럼 받아들였다. 누군가 멀리서 나를 보고 있다면 엄청나게, 아주 엄청나게 큰 물고기가 헤엄을 친다고 생각하겠지. 그 생각을 하자 기분이 한결 나아졌다.

물속에 있을 때만큼은 아무런 냄새도 나지 않았다. 냄새는 물 밖에서만 느껴졌다. 얼굴을 드러내고, 고개를 내밀었을 때만 존재하는 것이다.

세상은 지독한 냄새로 가득한 곳이다.

맞은편 암릉산 아래 검은 띠가 더 넓어져 있었다. 수면이 더 낮아진 것이다.

강물이 마르고 있다기보다는 이 바닥이 꺼지는 것 같았다. 세상이 꺼져 내려가는 것만 같았다. 나는 얼굴을 찌푸렸다.

어느 곳을 가더라도 모든 세상이 좁아지고 있구나.

나는 얼굴만 내민 채로 검은 띠를 쳐다보았다. 그곳에서 파도가 밀려올 것만 같았다. 분명히 느낄 수 있었다. 깊은 곳에서부터 거대한 물결이 밀려올 것이라는 예감을.

나는 기다렸다. 하염없이 부풀고, 터지며, 모든 것을 한꺼번에 휩쓸어 갈 파도를.

나는 기다렸다.

파도는 결국 오지 않는다.

내가 파도가 있는 곳으로 가야겠다고 생각했다.

물속으로 다시 들어갔다. 한참을 헤엄쳤다. 도착했겠구나 싶어 고개를 들었을 때 나는 생뚱맞은 곳에 있었다. 나는 다시 물속으로 들어갔다. 한참을 헤엄쳤다. 분명히 앞으로 나아가고 있었다. 또다시 나는 생뚱맞은 곳에서 고개를 들었다.

물속에서 앞이라는 것은 없었다.

그래서 나는 이 물속에 오래도록 머물고 싶었다. 냄새도, 방향도, 아무것도 없는 곳.

죽어라 헤엄쳐도 암릉산 근처에 닿지 못할 것 같은 기분이 들었다. 나는 고개를 뺀 채 숨을 골랐다. 뒤를 돌았을 때 강가에 누군가 보였다.

✦ 47

메리였다.

메리는 나처럼 순식간에 벌거벗은 물고기가 되어 물속으로 뛰어들었다.

✦ 48

안녕.

안녕.

오랜만이야.

오랜만이야.

우리는 알몸이 되어 인사를 나눴다.

이게 뭐야.

이게 뭐니.

우리는 웃음을 참지 못했다. 차가운 물속에서 입을 크게 벌리고 와하하 웃었다. 강물이 입안 가득 밀려 들어왔다.

메리야.

응.

미안해.

응.

정말이야.

그래.

우리 저곳까지 헤엄쳐서 가자.

그래.

메리와 나는 동시에 잠수했다. 물속에서 눈을 뜨자 메리는 엄청나게 커다란 물고기가 되어 몸을 빙글빙글 돌리고 있었다.

나는 메리를 따라 몸을 빙글빙글 돌렸다.

우리는 함께 빙글빙글 돌았다.

못 가겠어. 숨이 막혀.

메리가 숨을 왁 내뱉고는 말했다.

너는 왜 자꾸 제자리에서 빙글빙글 돌고 있는 거니?

내가 말하자

아니야. 나는 열심히 앞으로 가고 있었어.

메리가 대답했다.

돌아갈래?

응.

우리는 강가를 향해 헤엄쳤다.

이상하게 강가에는 무사히 도착할 수 있었다.

가끔은 같은 자리를 맴돌아야지만, 앞으로 나아가는 기분이 들 때도 있는 것이다.

하지만 제자리를 도는 것보다, 나아가는 것보다, 돌아가는 것이야말로 가장 쉬운 일이다.

✦ 49

메리의 몸은 엉망진창이었다. 풀에 베인 것보다 수십 배는 두꺼운 붉은 상처들이 가득했다. 오래전부터 정교하게 베어낸 것 같았다.

그 상처는 일정한 간격으로 이어져 있었는데, 나는 순간적으로 곽태주 씨의 단정하게 정렬된 단상 위를 떠올렸다.

메리야.

하고 메리를 불렀을 때 메리의 몸에서 물이 뚝뚝 떨어지고 있었다.

메리는 오렌지색 석양을 받아 반짝반짝 빛났다. 붉고 빛나는 살결이었다. 처음으로 메리가 아름답다고 생각했다.

이제 나는 너를 이해해.

응?

이제 나는 너를 완전히 이해해.

메리의 표정이 굳었다.

거짓말하지 마.

정말이야.

너는 나를 이해하지 못해. 아무도 나를 이해하지 못한다니까.

메리는 억지스럽게 슬픈 표정을 지었다.

내가 너를 도와줄 수 있어.

내가 말하자

뭘?

메리가 되물었다.

네가 매일 꿈속에서 나와서 도와달라고 말했잖아. 탈출하고 싶다면서. 어서 그 끔찍한 집에서 나와야 해.

무슨 헛소리야.

응?

우주야.

도망쳐야 한다니까. 우리 같은 아이들이 가장 먼저 도망쳐야 할 곳은 학교도 세상도 아니야. 바로 집이라는 곳이야.

우주야. 나는 그저 기도하는 것을 참을 수 없을 뿐이야.

함께 도망가자.

…….

엄마가 죽었으면 좋겠지?

…….

나는 그 기분을 조금은 알 것도 같거든.

메리는 정말 끔찍한 것을 봤다는 표정으로 오래도록 나를 바라보았다.

✦ 50

나는 혼자 집으로 돌아왔다. 발바닥이 여전히 젖어있는 기분으로. 물 밖으로 나온 물고기가 된 것 같았다.

엄마가 사랑하는 것을 그토록 쉽게 죽여버리면서도 왜 그런 표정을 짓는 걸까.

너는 정말 형은이에 대해 아무것도 모르는구나. 곽태주 씨의 비아냥이 귓가에 달라붙고 있었다.

이상하게 현관문을 여는 데 오랜 시간이 걸렸다.

엄마는 여전히 어둠 속에 가만히 누워 있었다. 그 장면은 너무 평화롭고 고요해서, 정지 버튼을 눌러놓은 영화 같았다.

엄마가 죽지 않았을지도 모른다는 생각에 나는 엄마에게로 조용히 다가가 얼굴을 들이밀었다.

숨을 멈췄다.

귀를 기울였다.

엄마는 더 이상 '우우' 하고 말하지 않았다.

엄마가 죽었다.

아니.

엄마는 아주 잠시만 죽은 것 같았다.

✦51

모든 것이 꿈일 것이다. 어디서부터 잘못된 걸까.
아주 지독하고 나쁜 꿈을 꾸고 있는 기분이었다.

나는 구멍을 떠올렸다.
모든 것이 꿈이 될 수 있는 곳.
모든 것을 집어넣을 수 있는 곳.
아무것도 없다는 것은 모든 것이 있다는 것과 같은 말이니까.
그 구멍에는 슬픔도 있고, 아버지도 있고, 고양이 베리도 있을 것이다. 갈 곳 없는 것들은 모두 구멍으로 들어가게 될 것이다.

엄마는 항상 마지막으로 잠들었다.
아버지를 재우고 나를 재우고 엄마는 어둠 속에서 무엇을 바라보았을까. 텅 빈 방을 한참 동안 서성였을까.
엄마는 나지막한 자신의 숨소리를 마지막으로 들으며 잠 속으로 빠졌을 것이다.
어둠 속에서 볼 수 있는 것이란 결국 어둠이었을 것이다.
지금의 나처럼.
나는 어둠과 시선을 맞추었다. 어쩌면 어둠이란 순차적으로 다가와 서서히 물들이는 것이 아닌 비좁은 세상에 갇혀있는 누군가의 영혼일 것이라는 생각이 들었다.

어둠이 할 수 있는 것은 스스로 완고해지는 것뿐.

완고해지는 어둠.

지금 나는 완고한 어둠 속에 있다. 그때의 엄마처럼.

미안해. 미안해. 미안해. 미안해. 미안해. 미안해. 미안해.

나는 오랫동안 중얼거렸다.

엄마가 죽은 이유는, 내가 엄마가 죽기를 간절히 바랐기 때문이었다.

아니다.

아니다.

엄마가 죽은 이유는, 엄마가 내가 살기를 간절히 바랐기 때문이었다.

✦52

엄마의 죽음으로 나는 소년원에 갈 것이다. 정해진 운명처럼. 한 아이의 턱뼈를 갈겨버렸을 때부터 이미 정해진 것처럼. 그것은 내가 악의를 품은 것인가? 아니다. 이 모든 것은 사슴인간

때문에 일어난 일이다. 아무도 믿지 않을 것이다. 소년원에는 누군가를 죽였을 또 다른 누군가들이 가득할 것이다. 나는 그들과 같은 취급을 받으며 살아갈 것이다. 세상은 내게 죄를 물을 것이다. 아버지에게 그랬던 것처럼. 나는 그 속에서 강가를 그리워하면서, 물고기가 되었던 날을 그리워하면서, 메리와 북극성과 아버지를 그리워하면서, 마침내 엄마를 그리워하면서 새까매질 것이다. 나는 새까맣게 어둠으로 변해갈 것이다. 어둠이 내가 될 것이다. 결국 내가 어둠이 될 것이다. 사는 동안 단 한 번도 독수리를 보지 못하는 사람이 될 것이다. 날갯짓을 해보지 못하는 사람이 될 것이다. 추락도, 부유하지도 못할 것이다. 환락송을 두 번 다시 가지 못할 것이며, 천국과 부활을 동시에 믿는 자들에게 이미 당신들은 지옥에 도달해 있다는 사실을 이야기할 수조차 없으며, 언제나 방향을 잃어버리는 사람이 되어갈 것이다.

  결국 나는 울트라맨이 되지 못할 것이다.

  울트라맨이 되지 못할 것이다.

53

 엄마는 어제 그대로였다. 엄마는 죽고 난 후에야 정말이지 살아있는 사람 같았다.

 고요하게 닫힌 얼굴과 아무 방향도 가리키지 않는 손가락들을 제외하고 일주일 전의 모습과 똑같아 보였다. 아니 어쩌면 엄마는 미쳐버리기 시작한 이후부터 지금까지 줄곧 그대로일지도 몰랐다. 엄마는 더 이상 자라지 않았다.

 나는 구겨진 교복을 두어 번 털어내고 입었다. 그리고 비디오 감상실로 향했다.

 문이 닫혀있었다.

 나는 차가운 계단에 엉덩이를 붙여 앉았다. 메리를 기다리기로 했다.

 메리를 기다리며 노래를 불렀다.

 메리가 봤다면 진짜 늙은이 같다고 말할 것이었다.

 위층에서 문 열리는 소리가 들렸고 나는 노래를 멈췄다. 핀이었다.

 핀은 막 잠에서 깬 모습이었다.

 뭐 하니.

 핀이 눈을 부비며 물었다.

친구를 기다려요.

그때 그 친구?

네.

심심하겠구나.

네.

올라올래?

핀이 손짓했다.

볼링클럽에는 여전히 담배 냄새가 고여 있었다.

핀은 자신과 함께 볼링을 치자고 했다. 자신과 대결을 한다는 자체를 영광스럽게 생각하라면서. 나는 핀을 살짝 노려보았다.

사실은 나도 할 것이 없었거든.

핀이 바람 빠지는 웃음소리를 내며 말했다. 나는 웃지 않았다.

우리는 볼링 레인으로 걸어갔다.

너 잘하니?

핀은 의심 가득한 눈빛으로 물었다.

전 뭐든지 잘해요.

그렇구나.

핀은 그렇게 말하면서도 눈빛은 유지하고 있었다.

네.

핀이 먼저 십 파운드 볼링공을 잡았다.

그 모양은 정말 오로라 같지 않아요?

나는 메리의 말을 기억하며 말했다.

오로라?

네. 오로라.

쓸데없는 소리는 집어치워. 이봐. 집중해. 공의 방향에.

핀은 단단한 두 다리로 지탱하며 능숙하게 공을 굴렸다. 볼링공은 사선으로 휘어지다가 곧장 일직선으로 쭉 뻗어나갔다. 열 개의 핀이 동시에 쓰러졌다. 스트라이크였다.

우와.

나는 감탄했다. 나도 모르게 손뼉을 쳤다.

그런데 공은 어떤 방향으로 가고 싶을까요?

나는 두 손바닥을 맞댄 채 핀에게 물었다.

응?

공이 원하는 방향이요. 매번 우리가 원하는 방향으로 던지잖아요. 공은 저 혼자 빙글빙글 돌고 싶을지도 모르잖아요.

또, 또, 또.

네?

쓸데없는 소리.

나는 잔뜩 시무룩해졌다.

✦ 54

핀은 대결이라는 말이 무색하게 나와 큰 점수 차를 두고 이겼다.

우리는 소파에 나란히 앉았다. 핀은 메리처럼 소파의 가죽을 조금씩 뜯어내고 있었다.

핀이 아무 말도 하지 않고 있었기 때문에 나 역시 아무 말도 하지 않았지만, 가끔 이런 침묵이 견딜 수 없을 때가 있다.

아저씨.

응.

아저씨도 기도를 하세요?

기도?

네.

그걸 왜 해.

천국에 가기 위해서요.

허.

아저씨의 영혼이 천국으로 가기 위해서요.

핀이 내 말을 듣고 크게 웃었다.

아저씨는 영혼을 믿지 않으세요?

영혼이라.

핀은 곰곰이 생각했다.

지겹지 않을까. 죽어서도 또 영혼으로 살아가야 한다면. 이 지긋지긋한 세상에서 마침내 끝을 냈는데 또 영혼으로 살아가야 한다는 건. 그건 형벌이지. 아주 지독한 형벌.

핀은 말을 마치고 입술을 우물우물거렸다. 아직 할 말이 남은 사람 같았다.

그런데 너무 억울하지 않겠어? 죽은 후에도 모두 공평하게 삶이 주어진다면 말이야.

글쎄요. 공평한 게 좋은 거죠.

웃기지도 않아. 사람들은 말로만 공평함을 주장하거든. 사람은 겉으로만 모든 사람들의 행복을 주장하거든. 그런데 정작 모든 사람이 행복할 수 있다면 어떻게 될 것 같니.

모두가 아름답게 살 수 있는 거죠.

아니. 아니야. 그럴수록 사람들은 이 세상의 종말을 바랄 거다. 사람들이 원하는 정말 진실된 공평은 이 세상의 종말뿐이야. 나도 행복하고 너도 행복한 세상에서는 모두가 미쳐버릴 거거든. 모두가 절망하고 모두가 실패하는 세상에서 사람들은 겁을 먹고 열심히 살아간단다.

나는 핀의 말을 듣고 고개를 끄덕였다.

그러니 신을 찾는 거야. 천국을 원하는 거고.

영혼이 있기를 바라는구나. 저 아저씨는 죽어서도 또다시 살고 싶구나. 나는 이상하게 핀의 말을 들을수록 확신했다.

신이 있다고 믿으세요?

내가 말하자 핀은 방금 전과 똑같이 크게 웃었다.

신이 뭐라고 생각하니?

한참을 웃던 핀이 오히려 되물었다.

음.

나는 고민하기 시작했다.

사람들이 말하는 신은 그냥 믿고 싶은 모든 것일 뿐이야. 아무것이든 될 수 있지. 눈을 뜨자마자 내린 커피였다가 문틈으로 흘러나오는 음악이었다가 도망간 개가 되었다가, 대부분 맥락 없는 삶 같은 거지. 신이라는 단어는, 그 단어 자체만으로 믿고 싶어지는 것이거든. 누구든 쉽게 부를 수 있지만, 대체되기는 어렵지. 증명되지 않는 것을 믿는 일은 아주 쉬운 거거든.

핀은 잠시 숨을 고르며 내 표정을 살폈다. 나는 눈을 끔벅거렸다.

보이는 것만 믿어. 보이는 것만. 사람들이 정말로 믿는 것이 신인지, 믿고 있다는 의미 그 자체인지 누가 아니. 아무렴, 보이는 것도 전부 속여 버리는 세상인데 말이야.

핀이 다시금 중얼거렸다.

아저씨는 어쩌면 괜찮은 어른일지도 모르겠어요.

나의 말이 끝나자 핀은 또다시 침묵했다. 그런데 방금 전과는 다른 침묵이었다.

핀이 다리를 떨면 나도 다리를 떨었다. 핀이 오른팔을 들어 제 목덜미를 긁으면 나도 목덜미를 긁었다.

핀이 가만히 나를 쳐다보았을 때 나도 핀을 쳐다보았다. 우리는 눈이 마주쳤다. 핀은 손바닥을 제 바지에 벅벅 닦아냈다. 핀의 바지에 얼룩이 남았다. 그리고 천천히 핀의 눈가에 주름이 지고 있었다. 그 눈이 물끄러미 나를 훑었다.

할 것 없으면 나랑 같이 영화나 보자. 비디오감상실이 있잖아. 바로 아래에.

핀의 입과 눈이 동시에 크게 벌어졌다. 두 볼과 귀는 이미 붉어져 있었다.

나는 볼링클럽을 뛰쳐나왔다.

✦55

메리는 카운터 안쪽에 앉아 있었다. 또 거스러미 뜯듯이 소파의 가죽을 뜯으며 오렌지색 머리 소녀를 올려다보고 있었다.

안녕.

메리는 눈길만 준 채 대답은 하지 않았다.

오늘은 손님으로 온 거야.

내가 말하자 메리가 고개를 끄덕였다.

그런 농담. 한 번은 봐줄게. 앞으로는 그런 농담 하지 마.

메리가 말했다.

나는 고개를 끄덕이며 울트라맨이 있냐고 물었고 메리는 찾아보겠다고 대답했다.

메리가 울트라맨 시리즈를 찾는 동안 나는 긴기아난을 바라보았다.

긴기아난은 멀쩡했다.

죽은 건가, 죽지 않은 건가. 알 수 없었다.

꼭 우리 엄마 같구나.

나는 중얼거렸다.

뭐?

메리의 신경질적인 물음에 나는 고개를 휘저었다.

메리는 다시 허리를 숙여 한참 동안 울트라맨을 찾았다. 그리고 벌떡 허리를 세웠다.

없어. 울트라맨 같은 건 없어. 사라진 지가 언제인데.

메리가 갑자기 왜 화를 내는지 나는 알 수 없었다.

울트라맨이 왜 사라져.

너 울트라맨이 되는 게 소원이라며.

메리가 나를 쏘아보며 말했다.

응. 그런데 왜 화를 내니.

우주야. 정신 차려. 그런 건 소원이 될 수 없어.

너는 엄마랑 비밀이 없구나.

나의 말에 메리는 인상을 한껏 구겼다.

당연하지. 우리 엄마는 뭐든지 내게 다 내주거든. 나는 엄마가 제일 좋아.

거짓말.

정말이야.

나는 코웃음 쳤다.

넌 사이코 같아. 울트라맨도 원래 사이코패스야.

메리가 톡 쏘듯이 말했다.

나는 입을 다문 채 가만히 있었다.

울트라맨은 원래 사이코패스라니깐.

아니야.

너 사실은 울트라맨에 대해서 아무것도 모르는 거지.

메리의 말에 나는 기분이 상했다.

그럼 네 소원은 뭔데.

이번에는 내가 메리의 말투를 따라 하며 물었을 때 메리는 제법 진지한 표정을 지으며 고뇌했다.

나는 소원이 없어.

정말?

응.

소원이 없을 수가 있어?

이뤄지지 않을 소원을 비는 멍청한 짓보다는 낫지.

나는 기분이 더 상했다.

고통스럽지 않게 해달라고 빌면 되잖아.

나는 벌거벗었을 때 메리 몸에 가득했던 상처들을 떠올리며 말했다.

그러자 메리가 웃었다.

이뤄지지 않을 소원을 비는 건 멍청한 짓이라니까? 고통 없는 삶은 존재하지 않아.

✦56

나는 학교로 향했다. 하교 시간이 가까웠지만 그건 중요하지 않았다.

학교 도서관을 가야 했다. 그곳에서는 울트라맨에 대해 알 수 있겠지. 나는 울트라맨에 대해서 모르는 것이 없어야 했다.

학교는 점심시간이 지나 급식 냄새가 미세하게 남아있었다. 그 탓에 허기가 졌다.

나는 학교와 무관한 사람처럼 천천히, 그러나 집요하게 도서관을 향해 걸었다.

사서 선생이 나를 반겼다. 환하게 웃어 보였다.

나는 그런 얼굴이 싫다. 나를 잘 알지도 못하면서 왜 자꾸 실실거리는 걸까. 나를 고작 만화책이나 보러 온 아이로 취급하는 것 같아 기분이 썩 좋지 않았다.

울트라맨 책은 없나요?

사서 선생에게 말하자 사서 선생은 '잠깐만' 하고 키보드 위로 가느다란 손가락을 몇 번이나 두드렸다. 그러고는 무언가를 확인한 듯 울적한 표정을 지었다.

아쉽게도 그런 건 없네.

내가 가만히 있자 사서 선생은 울적한 표정을 더욱 과장되게 지었다.

그런 건 네 나이대 아이들이 더 이상 찾지를 않으니까.

선생이 안타깝다는 표정을 짓고는 말했다. 나는 저 사람은 사서가 아니라 배우가 적성이라고 생각하며 선생을 쳐다보았다.

선생님.

응.

컴퓨터 한 번만 써도 되나요.

선생은 눈을 두어 번 껌벅이더니 웃으며 의자에서 일어났다.

죄송해요. 진짜 잠깐이면 돼요.

아니야. 천천히 해도 돼.

선생은 자리를 비켜주고는 도서관 안을 빙글빙글 돌아다녔다. 가끔 책을 꺼내 책장을 후루룩 훑어보고 다시 집어넣기를 반복하면서 내가 일어날 때를 기다렸다.

나는 검색창에 울트라맨을 타이핑했다.

울트라맨에 대해서 알아본 결과 울트라맨은 자뻑과 도발을 일삼으며 슈왓핫 하고 웃는다거나, 누군가에게 살인을 예고하는 나사 빠진 이상한 캐릭터였다.

정말 사이코패스네.

내가 말했다.

멀리서 선생이 목을 길게 빼며 '응?' 하고 물었다.

아니에요. 이제 괜찮아요.

내가 자리에서 일어나자 선생이 빠른 걸음으로 다가왔다. 여전히 웃음기를 머금은 채였다.

그래도 도움이 됐다니 다행이다.

선생이 다정하게 말했다.

나는 꾸벅 인사를 하고 도서관을 나가려다 말고 다시 선생 앞으로 다가왔다.

선생님.

응.

소원이 울트라맨이 되는 거라면 정말 멍청해 보이나요?

내가 묻자 선생은 조금 당황한 표정을 짓다가 금세 표정을 바꾸었다. 선생은 표정을 획획 잘도 바꾸었다. 이번에는 그 얼굴이 싫지 않았다.

아니. 그건 너무 멋있는데?

선생이 대답하며 나의 명찰을 흘끔 쳐다보았다.

우주야. 선생님도 말이야. 우주만 했을 때 소원이 울트라맨이 되는 거였어. 아주 커다랗게 변해서 이 세상을 구하고 싶었거든. 그런데 어른이 될수록 소원이 점점 이상하게 바뀐다? 좋은 학교에 가게 해주세요. 좋은 곳에 취업하게 해주세요. 돈을 많이 벌게 해주세요. 그런 건 소원이 아니잖아. 소원을 소원으로서 빌었을 때가 가장 아름다운 거야. 우주의 마음은 지금 아주 잘 자라고 있어.

선생이 나의 머리를 조심스럽게 쓰다듬었다.

그럼 저도 선생님처럼 자라는 건가요. 우리는 울트라맨이 되고 싶었던 아이들이잖아요.

선생이 나의 말에 환하게 웃었다.

아니지. 우주는 선생님보다 훨씬 크게 자랄 거야. 울트라맨도 시리즈인 걸 알지? 그중의 최고가 되는 거지. 하지만 우주야. 명심해. 울트라맨이 점점 강해지는 것만큼 괴수들도 점점 진화하거든. 맞서야 할 것들이 많을 거야. 하지만 우주의 결말은 언제나 해피엔딩일 거야.

나는 이번만큼은 정말 눈물이 날 뻔했지만, 울지 않기 위해 아무것도 쥐지 않은 주먹에 힘을 주었다.

선생은 제 두 손바닥으로 나의 주먹을 감싸 쥐었다. 따뜻했다. 따뜻하다 못해 뜨겁다고. 그리고 천천히 나의 손가락들을 하나씩 펼쳐 레몬 사탕을 쥐어주었다. 포장지를 뜯지 않았지만 이미 레몬 냄새가 잔뜩 풍기는 것 같았다.

우주야. 너의 이야기를 해줄래?

선생이라면 나의 모든 일을 이해해 줄지도 몰랐다.

✦57

도서관을 나와 복도를 걸었다. 수업이 끝났음을 알리는 종소리가 울렸고 아이들이 파도처럼 쏟아져 나왔다. 몇몇 아이들은 빠르게 학교를 튀어 나갔고 몇몇의 아이들은 나를 흘끔 쳐다보았다.

고양이 살인자다!

누군가 소리쳤다.

나는 고개를 휙 돌렸다.

아이들이 순식간에 몰려들었다.

누군가 낄낄거렸다.

멍청아. 고양이를 죽인 거면 살인이 아니지.

뭐 어때.

아이들은 저마다 다른 웃음소리를 내고 있었다. 나는 그 웃음을 뚝뚝 부러뜨려 씹어 먹고 싶은 기분이 들었다.

아니야.

내가 말했다.

나는 고양이를 죽이지 않았어.

내가 주절댔다.

아이들이 둥글게 원을 그리며 나를 감쌌다. 누군가 손가락질을 했고 누군가 팔짱을 낀 채 침을 뱉었다.

도대체 나한테 왜 그러는 거야. 내가 뭘 잘못한 거니. 나는 아무 잘못도 하지 않았다니깐.

나는 그렇게 말하는 동시에 아이들의 표정이 굳어졌다.

사이코패스네.

사이코패스야.

고양이를 죽여놓고 아무렇지도 않은 것 좀 봐.

고양이?

가엾어라. 가엾어.

그런데 쟤가 아니래. 쟤랑 매일 같이 다니는 여자애 있잖아. 문형은이었던가. 걔가 죽였다던데?

아니야. 쟤가 다시 고양이 무덤을 파내는 걸 누가 봤대.

어쨌든 둘이 매일 같이 다니잖아.

그럼 똑같은 거야.

똑같은 거지.

세상의 말들이 내게 쏟아지고 있었다.

쟤네 아버지도…….

나는 어질어질하고 토할 것만 같았다. 누군가 실제로 한 말인지, 내 머릿속에서만 들리고 있는 말인지 구분할 수 없었다. 나를 둘러싼 아이들의 얼굴에 주먹질이라도 하고 싶었다. 순간 사서 선생의 말이 떠올랐다. 괴수들도 점점 진화를 한다는 것.

나는 울트라맨이야.

아이들이 순식간에 조용해졌다. 숨소리도 들리지 않았다. 아이들은 고양이를 죽인 메리를 쳐다보는 것보다, 끔찍하게 죽은 고양이의 사체를 쳐다보는 것보다 더 끔찍한 것을 보는 것처럼 나를 쳐다보았다.

아이들은 순식간에 조용해진 것처럼 다시 순식간에 엉망으로 웃기 시작했다. 어떤 아이는 눈물을 닦는 제스처까지 해대며 웃었다.

이러면 나한테 다 죽는 거야. 다 죽는 거라고. 나는 다 죽일 수 있거든. 정말로. 나는 울트라맨이니까.

나는 정말 울트라맨이 된 기분으로 말했다.

이제 아이들은 웃지 않았다. 그 웃음들이 각자의 목 안으로 말려 들어가고 있었다.

정말 미쳐버렸네.

누군가 가래침을 뱉듯 말을 툭 내뱉으며 비아냥거렸고 그 말에 무리 하나가 흥미를 잃은 듯 뒤돌아 사라졌다. 그 무리를 기점으로 아이들은 빠르게 사라졌다.

복도에는 나 혼자 덩그러니 남았다. 나는 고개를 숙인 채 발끝을 바라보고 있다가 인기척에 고개를 들었다.

멀리 도서관 문이 천천히 닫히고 있었다.

✦58

다 본 거야. 다 보고도 가만히 있었던 거지.
나는 씩씩거리며 운동장을 가로질렀다.
다 그런 거지. 애초에 잘 자란 어른 같은 건 없다고. 이 세상에는 그런 마음이란 건 없다고. 그런 해피엔딩 같은 건 없어. 다 죽어야 해. 다 죽어버려야 해.
나는 한 마디 한 마디를 내뱉을 때마다 비틀거리며 걸었다.
이 세계가 비틀린 것처럼 내게 다가왔다.

✦59

나는 집으로 돌아왔다.
그래. 집. 집이라고 부르는 이곳에는 엄마가 있고, 죽음이 있고, 어둠이 있다.
수많은 층을 등에 지고 있는 등껍질이 있고, 무게가 있고, 거대한 눈꺼풀이 내려앉는 것 같은 천장이 있다.
나의 집에 있는 것들은 없는 편이 나았다.
메리의 집에는 살아있는 엄마가 있고, 향긋한 냉이 된장찌개의 냄새가 있고, 제철 음식이 있다.

구김 없는 교복이 있고, 따뜻한 반김이 있고, 잘 익어가는 향기가 있다.

메리의 집에 있는 것들은 있는 편이 나았다.

볼링클럽에는 핀 아저씨가 있고 10파운드의 무게가 있고 방향이 있다.

볼링클럽에 있는 것들도 있는 편이 나았다.

환락송에는 정심 아저씨가 있고 울트라맨이 있고 그리고 구멍이 있다.

구멍이 있다.

구멍이 있다.

그래. 구멍이 있다.

✦ 60

나는 구멍 속으로 도망가야 했다.

✦61

나는 집을 뒤지기 시작했다. 커다란 가방을 찾아야 했다. 구멍으로 가져갈 나의 모든 것을 집어넣어야 했다.
버릴 수 없는 것들을 챙겨야 했다.
아니, 버려야만 하는 모든 것들을 챙겨야 했다.
나는 베란다 구석에 밤색 체크무늬 배낭을 발견했다.
배낭의 지퍼를 열자 곰팡이 냄새가 쏟아져 나왔다. 오랫동안 들여다보지 않은 배낭이었다. 언젠가 배낭을 열면 바다 냄새로 가득할 것만 같은 날이 있었다.

바다를 보러 간 날이었다.
가서 푹푹 빠져보자.
엄마는 그렇게 말했다.
바다에는 풍덩 빠지는 거예요.
내가 말했고
아니. 푹푹 빠져보자.
엄마는 반복해서 말했다.
엄마는 세 명 몫의 옷을 하나의 배낭에 넣었다. 차곡차곡 옷을 접어 넣었다. 멀리 도망치려는 사람처럼.

그래서 배낭 안에는 아버지의 냄새와 엄마의 냄새와 나의 냄새가 동시에 났다. 물론 다 비슷비슷한 냄새였지만.

아버지의 트럭에 배낭을 실었고 아버지를 실었고 엄마와 나를 실었다. 우리는 꾸깃꾸깃 실렸다.

트럭이 출발하고 나는 엄마의 품에 안겨 있었다. 따뜻했다. 뜨거움과 다른 것. 언제까지고 끌어안을 수 있는 따뜻함이었다. 하지만 이 온기가 배 위에 올려둔 삶은 계란의 것인지 엄마의 것인지 헷갈려하면서 조용히 잠이 들었다.

잠결에 소리를 들었다. 아버지는 화를 냈던 것 같기도 하고 엄마는 울었던 것 같기도 했다. 어쩌면 두 사람이 바뀌었는지도 몰랐다.

그날 우리의 점심은 컵라면이었다. 해안가에 앉아 뜨거운 물 탓인지 햇볕 탓인지 모를 흐물거리는 컵을 들고 나란히 앉았다. 그날그날에 맞는 음식을 먹자던 엄마는 애피타이저라며 삶은 계란을 손수 까서 내게 건넸다.

바다는 비릿했다. 끊임없이 끌어당기고 다시 뱉어내는 냄새와 소리로 가득한 곳. 어딘가로 데려다줄 듯이 요동치면서도 결국에는 어느 곳도 데려다주지 않을 곳.

나는 수평선을 바라보았다. 누군가의 의도대로 그어진 선처럼, 이상하리만큼 반듯한 경계.

나는 그 너머를 바라보았다. 사람들이 왜 바다를 보는 건지 알 것 같은 마음으로. 도달할 수 없는 것을 바라보는 가여운 마음으로.

수평선은 끝이 없는 듯하면서도 분명하게 이곳이 세상의 끝이라고 말하는 것만 같았다.

엄마는 바다 가까이 천천히 걸어갔다. 그리고 곧장 바닷속으로 들어갔다. 뜨거운 태양 아래서 엄마의 다리가 물에 잠기고, 옷이 물에 잠겼다.

엄마는 푹푹 빠지고 있었다.

물에 젖어 몸에 달라붙은 옷을 떼어내는 동안에도 젖은 옷은 엄마에게 더 악착같이 감기고 있었다. 그 모습은 이상하게 엄마에게 씌워진 무언가를 벗겨내는 행위 같았다.

엄마의 주변으로 파도가 칠수록 이상하게 엄마는 가벼워지고 있는 것 같았다.

나는 모래사장에 털썩 앉아 그 장면을 바라보았고 아버지는 쉬쉬 하고 웃었다.

우리 집 여자들은 역할이 바뀐 것 같아.

아버지가 말했다.

엄마가 움직이는 대로 바다의 표면이 반짝거렸다. 물방울들이 튀어 오르는 모습은 꼭 별이 팡팡 터지는 것 같았다. 엄마는 천생 물에 사는 물고기처럼 자유롭게 헤엄쳤다. 그곳이 원래 엄마의 자리 같았다.

엄마가 고개를 빼내 나를 보고 활짝 웃었다. 나는 묘한 기분이 들었는데, 엄마가 있는 힘을 다해 웃어 보이는 것 같기도 했고 어쩌면 그 웃음이 낯선 건지도 몰랐다.

엄마는 그렇게 웃을 수 있는 사람이었다.

그때 엄마가 물속으로 사라졌다.

내가 벌떡 일어나자 아버지가 내 팔을 끌어당겼다.

괜찮아.

숨은 쉬고 있는 거야?

내가 물었고

엄마는 물마저도 참을 수 있는 사람이잖아.

아버지가 대답했다.

내가 아버지의 말을 입속으로 굴리고 있을 때 멀리서 엄마의 얼굴이 다시금 보였다.

아버지는 넌지시 내 이름을 불렀다.

우주야.

누군가 나를 '우주야' 하고 부를 때마다 나는 그 세계로 빨려 들어가는 기분이 들고는 했다.

아빠가 바라는 것은 저 모습 하나뿐이야.

아버지가 턱짓으로 엄마를 가리켰다. 해가 지고 있었다. 바다가 서서히 오렌지빛으로 물들었고 그 중심에 엄마가 서있었다. 그 모습은 나의 엄마가 아닌, 그저 한 사람의 시작처럼 보였다.

엄마는 손을 들어 우리를 향해 흔들었다. 웃음이 가진 그대로의 웃음. 의무도, 거짓도 아닌 웃음 그 자체의 웃음으로.

엄마를 봐. 자유로워 보이지. 너도 마찬가지여야 해. 어디든 얽매이지 말아야 한다.

나는 고개를 끄덕였다.

엄마가 흔드는 손 너머로 오렌지빛이 쏟아지고 있었다.

✦ 62

나는 배낭에서 손을 떼고 엄마의 옆에 나란히 누워보았다. 엄마의 손에 깍지를 끼고 천천히 흔들어보았다.

엄마를 봐. 자유로워 보이지. 엄마를 봐. 자유로워 보이지.

나는 천장을 올려다보면서 중얼거렸다.

엄마.

하고 엄마를 불렀다.

엄마.

하고 또 엄마를 불렀다.

오늘이 무슨 요일이에요?

엄마는 대답하지 않았다.

순식간에 눈물이 흘렀다. 눈물이 나올 것 같다는 예감이라도 들었다면 울지 않기 위해 주먹이라도 쥐었을 텐데. 한번 흐른 눈물은 멈추지 않았다.

엄마는 울지 않았고 나는 울었다. 내가 흘리는 눈물이 아닌 것만 같았다.

엄마는 울었고 나는 울지 않았다.

우리 집 여자들은 역할이 바뀐 것만 같아.

아버지의 말이 떠올랐다.

나는 오래도록 그 말을 원망했다.

나는 오래도록 그 말을 그리워했다.

나는 오래도록 그 말에 흔들렸다.

그 모든 것들을 덮은 것은 허기짐이었다. 엄마와 맞잡은 손을 풀었다.

나는 냄비를 꺼내 쌀과 물을 넣어 묽게 끓였다. 시간이 지날수록 쌀이 풀어지며 형태를 잃어갔다. 그리고 그것을 다시 체에 걸러냈다.

반복이다.

미음을 담은 그릇과 숟가락을 들고 엄마 옆에 앉았다. 숟가락을 그릇 속에 집어넣었을 때 '아!' 하고 탄식했다.

엄마는 더 이상 먹을 수가 없구나.

나는 다시 주방으로 향했다. 냉장고 속 모든 재료를 꺼냈다. 말라버린 당근을 마구 썰었고 쉬어버린 김치도 마구 썰어 냄비에 넣었다. 한참을 끓였다.

끓이고 또 끓였다.

당근이 냄비에 달라붙을 때까지.

내가 할 수 있는 것이라고는 뭐든지 끓이는 것밖에 없었다. 언젠가 나의 몸도 부글부글 끓어서 물러 터져버릴 것만 같았다.

완성된 음식에서는 이상한 냄새가 났다. 나는 그것을 우걱우걱 퍼먹었다. 부드러운 죽의 형태를 띠고 있었지만, 먹으면 먹을수록 목이 막혀오는 기분이었다.

✦63

나는 환락송을 향해 걸어갔다.

구멍에 들어가기 위해서다.

구멍에 들어가는 이유는 꺼내지기 위해서이다.

✦64

환락송 옆 슈퍼마켓은 공사 중이었다.

포크레인이 잔해들을 마구 잡아끌어 올리고 있었다. 굉음이 났다. 그 커다란 포크레인은 꼭 커다란 잿더미를 오르고 있는 설치류 같아 보였다. 살아있는 것을 꺼내기보다는 죽어있는 것을 찾기 위한 몸부림.

고양이가 있을까. 없을 것이다.

나는 빠르게 환락송으로 향하는 계단을 내려갔다. 철제문이 열려있었다.

카운터는 비어있었다. 어쩌면 몸을 숨기고 있다가 포크레인이 들어 올리는 잔해들 사이에 고양이가 있는지 눈에 불을 켜고 있을 것이다. 어쩌면 포크레인 안에 있을 것이다. 아무렴. 정심 아저씨가 없으니 나는 운이 좋았다.

4번 방의 문을 닫고 소파를 끌어당기자 구멍이 보였다. 마지막으로 봤을 때보다 한층 커져 있는 느낌이었다. 내가 자라는 만큼 구멍이 자라는 기분이었다.

나는 몸을 접어 구멍 안으로 들어갔다.

구멍은 여전히 차가웠고 축축했지만 이상하게도 마음이 편해졌다. 이대로 아무도 몰랐으면 좋겠는 마음이었다.

나는 어떠한 입구 앞에 도착한 기분으로 몸을 웅크렸다. 나는 이 구멍에 도망쳐 온 것이 아닌, 내 속으로 들어온 것 같았다.

문을 열지 마세요.

그렇게 말했다.

그 누구도 열어줄 사람 하나 없었지만, 손잡이가 있다면 무언가라도 꽉 잡고 싶은 심정이었다.

나는 정말이지 혼자가 되었다.

추워요.

나 혼자 말하고 나 혼자 들었다.

미안해요.

나 혼자 말하고 나 혼자 들었다.

아니. 나한테 미안하다고 말해요. 지금 당장.

문이 열리는 소리에 고개를 삐죽 꺼내 들었다.

엄마다.

엄마가 걸어 들어오고 있다.

엄마의 입술이 미세하게 달싹거린다.

우주야.

하고 말한다.

우주야. 정답은 없어. 이 세상에 정답이란 건 없어.

엄마가 다가올수록 나는 압도당하는 기분으로 온몸이 고립

된다.

엄마의 숨소리와 나의 숨소리가 교차하여 들린다.

엄마의 맥박 소리와 나의 맥박 소리가 뒤엉킨 채 들린다.

엄마.

나는 엄마를 불러보았다.

방향을 따라가.

엄마가 다정한 목소리로 말한다.

북극성을 찾아 따라가.

엄마가 뱅글뱅글 4번 방 안을 돌기 시작한다.

✦ 65

눈을 여러 차례 깜박였다가 떴다. 4번 방 안을 돌고 있는 것은 엄마가 아닌 메리였다.

너 그 안에서 뭐하니?

메리가 구멍 옆으로 다가와 쪼그려 앉았다.

나는 가만히 눈을 깜박이며 메리와 시선을 맞추었다.

엄마가 아니네.

내가 왜 네 엄마냐.

엄마가 아니었다니깐.
당연하지.
메리야.
응.
내 입을 틀어막아 줘. 고양이를 던지듯이 나를 집어 던져줘.
메리는 내 말에 입을 떡 벌렸다.
메리는 울었다.
고양이를 죽인 건 사고였어. 실수였다니깐. 아주 후회하고 있어. 매일 밤 도통 잠이 오지가 않아. 그 고양이 때문에. 잠이 들면 고양이에게 빌고 비는 꿈을 꾸면서 용서를 구해야 하거든. 그거 아니? 인간의 마음속에는 원래 용서라는 감정이 없어. 용서는 사람이 하는 것이 아니거든. 그래서 죄를 지은 사람들은 도망부터 가는 거야. 어디로든. 너도 그랬잖아? 너도 도망쳐서 여기 온 거잖아. 다 알고 있어. 선생님이 다 말해줬다니깐.
이번에는 내가 메리의 말에 입을 떡 벌렸다. 선생님이라면, 사서 선생일 것이다.
울트라맨이 점점 강해지는 것만큼 괴수들도 점점 진화하거든. 맞서야 할 것들이 많을 거야. 나는 사서 선생의 말을 똑똑히 기억했다. '나쁜 괴수' 하고 생각했다.
메리는 쉬지 않고 말을 이었다.

이건 실수야. 실수라고. 아이들이 죽여보라고 했어. 고양이가 절뚝절뚝거리고 있는 걸 내가 가만히 앉아 쳐다보고 있었거든. 어떻게 치료를 해줘야 할까. 가만히 두면 그대로 죽어버리는 게 아닐까. 그런데 아이들이 죽여보라고 했다니깐. 지금이야말로 아이들에게 인정받을 수 있는 기회잖아. 내가 그냥 고양이를 집어 던지기만 하면 그 아이들이 나랑 놀아줄 수도 있는 거잖아. 나를 더 이상 때리지 않을 수도 있는 거잖아. 내가 죽이려고 죽인 게 아니라고. 그런데 너는 나의 아픈 상처를 어떻게 그렇게 쉽게 말할 수가 있니.

메리는 꺽꺽대며 말했다.

나는 구멍 밖으로 팔을 꺼내 메리의 어깨를 툭툭 두드렸다.

그래. 괜찮아. 괜찮아. 이제 정말 괜찮아.

메리가 울음소리를 잠시 멈추더니 다시 어깨를 떨며 울었다.

그 정도의 아픔도 없는 사람이 어디 있겠니.

내가 재차 말하자 메리는 이번만큼은 울음소리를 단숨에 그쳤다.

그게 위로야?

그럼?

진짜 사이코패스 같아. 너.

나는 사이코패스라는 단어에 기분이 상했다.

그런데 메리야. 다른 아이들한테 인정받아서 뭐하니?
메리는 대답할 말을 찾는 듯 입술을 삐죽였다.
너도 똑같아질 거니?
내가 재차 말하자 메리의 얼굴이 상기됐다.
똑같아지는 게 뭐가 어때. 똑같아지는 게 뭐가 잘못됐어?
메리의 목소리가 날카로웠다.
그래서 모든 걸 나한테 뒤집어씌운 거지?
무슨 소리야?
네가 고양이를 죽여서 내가 살인자 취급을 받고 있다니깐?
내 말에 메리는 어이없다는 표정을 지었다.
아니라고 말하면 되잖아.
아니라고 말했어.
그럼 또 아니라고 말하면 되잖아.
아무도 들어주지 않아.
들어줄 때까지 말해.
내가 왜 그래야 해. 내가 한 것도 아닌데. 내가 왜 그래야 해. 내가 한 것도 아닌데. 내가 한 것도 아닌데 왜 내가 들어줄 때까지 말해야 하는 건데. 내가 왜 그래야 하냐니깐.

나는 꽥 소리를 질렀다. 메리를 향한 말인지, 또 다른 누군가를 향한 말인지 알 수 없는 마음이었다.

구멍 속이 나의 목소리로 꽉 차는 것 같았다.
무엇이든 채워지면 됐다. 나는 지금 너무나도 공허하니깐.

✦66

내가 진정이 되기를 메리는 차분히 기다렸다.
우리는 똑같은 자세로 쭈그려 앉아있었지만. 결코 같은 자리에 있지는 않았다.
구멍 안이었고, 구멍 밖이었다.
노래 불러줄까?
메리는 벌떡 일어나 마이크를 들고는 다시 가까이 다가왔다.
정심 아저씨가 없잖아.
내가 말하자 메리는 마이크를 제 손바닥에 두드리며 고개를 끄덕였다.
어떻게 부르게?
무반주로.
메리가 마이크에 대고 말했다. 메리가 흐흐흐 웃었다. 에코로 가득한 메리의 웃음소리가 울려 퍼졌다.

✦67

메리의 무반주 노래는 형편없었지만, 나는 그 모습에서 눈을 떼지 못했다.

메리는 예전부터 이 무대 위에 서 있었던 사람처럼, 이미 환대와 야유를 모두 겪어버린 가수처럼, 자꾸만 한자리로 돌아오는 배우처럼 보였다.

그런 메리가 기가 막혀서, 그리고 너무 가여워서 나는 오래도록 손뼉 쳤다.

✦68

우리는 환락송을 나왔다. 한 박자 늦게 켜지는 환락송의 네온빛이 메리의 노래 같았다.

너 음치지?

내가 말하자

저 노래는 누가 불러도 음치 같은 거야.

하고 메리는 덤덤하게 받아쳤다.

우리는 말없이 걸었다.

나란히 걷는 것처럼 보였지만, 내가 몇 걸음 뒤처지다 또 메리가 몇 걸음 뒤처지다 반복하며 걸었다.
나는 속으로 울트라맨을 불렀다. 그러다 순간, 궁금했다.
저 노래를 왜 좋아해?
메리가 나의 말을 듣고는 잠시 걸음을 멈췄다. 눈동자를 휙휙 굴리며 꽤 진지하게 고민하는 듯했다.
저 노래를 부르면 진짜 나쁜 놈이 된 것 같거든.
음.
그렇지 않니?
그런 것 같긴 해.
아주 나쁘고 못된 영웅 말이야.
원래 영웅은 착하잖아.
내 말에 메리가 고개를 휙 돌려 나를 쳐다보았다.
영웅이랑 살인자랑 뭐가 달라?
응?
뭐가 다른데?
다르지. 영웅은 그래도 세계를 지키잖아.
세계를 지키는 건 보통 사람들인 거야. 영웅은 그저 엄청난 살생에 대한 대가를 치르는 자리의 이름인 거지. 이기면 영웅이고, 지면 살인자일 뿐이거든.

그럼 너는 보통 사람이니?

글쎄.

영웅과 살인자가 아니라면 말이야.

나는 세계를 지키는 데에는 관심 없어.

메리가 단호하게 말했다.

세계가 망하든 말든, 그건 정말이지 내 알 바가 아니라는 거지.

메리가 덧붙였다.

✦ 69

우리는 다시 말없이 걸었다. 이번에는 누구도 먼저 입을 열지 않았다.

세계가 망하든 말든 관심이 없다는 것은 아직 메리의 세계는 망하지 않았다는 방증이었다. 하지만 무관심이란 무에서 오는 것이 아니다. 무관심은 탈진이다. 지나친 몰입 이후에 찾아오는 완벽하게 무너져버린 탈진.

나는 생각을 이어갔다.

무언가를 지키는 것에 열중했던 사람만이, 아무것도 지키고 싶지 않아 한다.

메리는 무엇을 그렇게 지키려고 했던 걸까. 메리는 얼마나 오래도록 그 세계를 붙들고 있었던 걸까.

그럼 나는 나의 세계에서 영웅인가 살인자인가.

나의 세계를 지키지 못했으니 보통 사람조차 되지 못할 것이다. 그럼 나는 나의 세계에서 이긴 것인가 진 것인가.

세계를 다룰 줄 아는 사람이라면 이기고 지는 승패는 자신의 몫이 아니란 것쯤은 알고 있을 것이다.

우리가 도착한 곳은 강가였다. 나는 강으로 오는 시간 동안 며칠, 아니 몇 달은 지나버린 기분이 들었다.

✦ 70

우리는 강을 바라보고 앉았다. 메리 옆에 앉아있지만, 아주 멀리 떨어진 기분이 들었다.

메리야. 부탁이 있어.

메리가 고개를 돌렸다.

내 얼굴을 날려버려 줘.

내 말에 메리의 눈썹이 들썩거렸다.

아주 세게. 내 얼굴 뼈가 다 날아갈 정도로.

내가 왜 그래야 하는데?

나는 벌을 받아야 하니까.

진심이야?

너만이 해줄 수 있는 일이야.

왜?

넌 나의 반려니까.

메리의 표정이 빳빳하게 굳었다.

반려?

응.

우리가 왜 반려니.

네가 말했잖아.

내가?

우리는 똑같아.

우리가?

우리는 살인자야. 살인자라고.

또 그 얘기니?

메리의 뺨이 붉어졌다.

나는 다 알아. 메리야. 네가 얼마나 가여운 아이인지. 몸에 남은 모든 흔적을 나는 다 안다고.

그건.

메리가 멈칫했다.

실수야. 내가 고양이를 집어 던진 것처럼, 그런 실수일 뿐이라고. 아주 사소한 실수라고.

메리는 가만히 눈을 감으며 말했다.

실수는 과정인 거지 결과가 아니야. 원래 악이란 건 말이야. 도끼를 가지고 다니고 뿔이 달린 무서운 존재가 아니야. 우리와 아주 가까이 있지만, 알아차릴 수 없을 뿐이지. 조금만 시선을 달리해도 그건 사랑으로 눈속임할 수 있으니까.

내 말에 메리의 눈동자가 조금 흔들렸다.

아니야. 우리 엄마는 정말 나를 사랑해.

메리가 고개를 절레절레 흔들면서 말했다.

그러지 말고. 그러지 말고 회개를 해. 우주야. 회개를 하면 모든 것을 용서받을 수 있댔어. 우리 엄마가 말했거든. 도망치지 않아도 돼.

메리가 덧붙였다. 오래된 기도의 마지막 구절을 읊는 투였다.

나는 메리를 더 깊숙이 바라보았다. 무엇이 회개인가. 회개란 어떤 행위인가. 회개라는 말은 입안으로 삼키기도, 다시 뱉어내기도 어려웠다. 나는 한참 동안 그 의미를 더듬었지만, 도무지 알 수 없었다.

속은 거야.

내가 말했다.

속지 않았어.

메리가 반박했다.

고양이가 너를 용서했어? 그럼 왜 자꾸 꿈에 나오는데?

과정인 거야.

락스를 부어댄 긴기아난은 너를 용서했어?

나는 락스를 부은 적이 없어.

나는 순간 메리처럼 눈썹을 들썩거렸다.

그냥 너한테 보여주고 싶었어. 그게 무엇이든.

나랑 똑같아지고 싶어서?

내가 왜?

우리는 서로를 본 첫날부터 서로의 특별함을 직감적으로 알게 된 거야. 같은 길을 갈 거라고.

어쩐지 애초부터 네가 너무 싫었어.

거짓말.

처음부터 너에게 말을 거는 게 아니었다고.

너는 지금 거짓말을 하고 있어.

아니야.

겁이 나는 거지. 내가 너랑 너무 닮아서.

아니라니깐.

왜 거짓말을 했냐니깐.

안 했어.

메리는 긴 숨을 뱉었다. 그리고 제 이마를 퍽퍽 쳤다.

너는 이상한 것과 특별한 것의 차이부터 알아야 해.

알고 있어.

너는 이상한 거야.

나는 울트라맨인 거지.

그래. 그래. 그렇게 생각해. 네 마음대로 생각해.

그거 아니. 독수리는 제 부리를 깨야 새 부리가 나거든.

알 게 뭐야.

너도 깨부숴야 해. 나처럼.

우리는 사람이잖아. 우주야.

…….

제발 사람처럼 있자.

메리가 다시 눈을 감았다. 눈꺼풀이 파르르 떨렸다.

메리야. 사람을 아주 캄캄한 어둠 속에 처넣으면 모두 짐승이 되는 거야. 그래. 원래 그런 거야. 사람이라면 죽지 않을 만큼의 빛 정도는 필요한 거야.

…….

우리는 지금 아주 캄캄한 어둠 속에 있는 거야.

…….

메리의 떨림은 손가락까지 이어지고 있었다. 나는 그 손을 가만히 내려다보았다.

메리야. 메리 여왕이 성을 탈출하지 못한 이유는 손이 아름다워서가 아니야. 그냥 그렇게 될 운명이었던 거지.

✦71

메리가 떠났다. 마지막 말을 남긴 채.

누군가의 사랑을 받기 위해서는 나를 파괴할 줄도 알아야 해. 상처가 있는 사람은 누구도 함부로 대할 수가 없거든. 우주야. 그게 내가 나를 지킬 수 있었던 전부야. 그리고 나는 그저 혼자라는 걸 견딜 수 없었을 뿐이야.

메리는 그렇게 말을 하는 동안 끝내 울지 않았다.

메리의 몸에 남은 상처들을 나는 머릿속에서 벅벅 지웠다. 북극성처럼 밝게 빛나던 그곳에서 메리는 자신을 지켜내고 있었다. 깨끗하고 하얀 메리의 몸을, 아름답게 빛나던 그 몸을 견딜 수 없었기에.

그리고 나는 정말 혼자가 되었다. 그렇게 될 운명이었다. 이제 나는 누구를 용서해야 하는가.

✦ 72

메리는 집으로 돌아갈 것이다. 따뜻한 음식 냄새가 풍기는 문이 열리고 곽태주 씨와 함께 손을 맞잡고 회개를 할 것이다.
아주 끔찍한 죄를 저지른 기분이었어요. 엄마.
하고 아이처럼 울면서 말이다.
저의 영혼을 백색으로 씻겨주세요. 엄마.
나는 강가에 누워 메리가 할 만한 말들을 하늘을 향해 외쳤다. 뒤통수로 까끌까끌한 모래가 느껴졌다.
나를 천국으로 인도해 주세요.
이 생의 죄를 멀끔히 씻겨주세요.
모든 것은 실수였다니까요. 어쩌면 저의 존재 역시 전지전능하신 당신의 실수일지도 모릅니다.
이것이 죄인가요.
당신은 영웅입니까. 살인자입니까.
나는 누구에게 말을 하는 건지도 모르는 기분으로 쏟아 내기 시작했다.

우리 엄마는 천국에 도달했나요. 우리 엄마는 늘 방향을 가지고 있는 사람이었어요. 누구보다 똑바른 방향을요. 나는 무엇을 하고 있나요. 내가 지금 원하는 방향은 어디인가요. 원하지 않는 방향은 어디인 건가요. 그건 누가 정해줄까요. 애초에 방향이란 건 삶에서 사용할 수 있는 단어인 건가요. 그저 걷는 것뿐이에요. 무릎이 부러지고 발목이 틀어지면, 잠시 주저앉는 거예요. 부서진 속도로 가는 거예요. 방향은 무엇인가요.

바람이 불었다.

바람이 나의 몸을 들어 조심스럽게 강물로 인도해 주는 느낌이었다.

나는 저항이라도 하듯 머리를 땅바닥에 부벼댔다.

뒤통수에서 많은 것들이 느껴졌다.

축축한 흙과 모래, 자갈과 이름이 없는 작은 풀. 그 사이사이 무수한 미생물과 작은 벌레들. 보이지 않아도 어디에나 있는 것들이.

손가락이 간질거렸다. 개미 한 마리가 손등을 타고 기어 올라오고 있었다. 나는 그것을 가만히 놔두었다. 그 감각은 낯설지 않았다.

살생이란 바라보는 관점에 따라 달라지는 것이다. 개미들의 세계에서 인간이란 단순히 지나가는 존재가 아닌 갑작스레 닥친 재앙이다. 인간이란 그 자체만으로 얼마나 끔찍한 붕괴의 도구인가. 인간의 세계에서 썩어가는 육체 위로 몰려들어 살을 뜯어 먹는 개미는 살생의 존재인가. 먹이를 찾으며 살아가는 존재의 방식인가.

개미는 다시 손등을 타고 내려가고 있었다.

이 모든 것은 방향이 아닌 목적 없는 순환이다. 누구의 잘못도 없는 반복이다.

나는 다시 하늘을 향해 고개를 돌렸다. 하늘이 오른쪽으로 돌았다가 다시 왼쪽으로 돌았다.

빙글빙글.

이럴 줄 알았으면 엄마가 바라보던 천장에 작은 구멍이나 뚫어줄 걸. 엄마가 바라보았던 천장은 총 몇 바퀴를 돌았을까.

가만히 하늘 너머를 쳐다보자 하늘의 중심이 더 높게 느껴졌다. 엄마의 천장도 이렇게 높았을까. 천장 중에서도 더 높은 곳. 천장 중에서도 가장 높은 곳. 천장의 정중앙.

정오구나.

나는 그렇게 중얼거렸다.

빛이 가장 밝을 때, 그림자는 가장 짙은 법이거든.

메리의 말이 떠올랐다.

아주 무의미한 시간이지.

메리의 다음 말이 떠올랐다.

빛이 가장 밝다면, 무언가를 숨길 수 없는 시간이기도 해.

나는 꼭 메리가 앞에 있다는 듯이 대답했다. 그리고 가만히 누운 채 오른팔을 하늘을 향해 높이 들었다.

그것은 누군가에게 간절한 기도의 방향일 것이며 누군가에게는 항복의 의미일 것이며 누군가에게는 울트라펀치다.

나는 그대로 힘을 가해 내 얼굴을 향해 팔을 내리쩍었다.

아프다.

얼얼하구나.

나는 다시 누군가의 기도와 항복과 울트라펀치의 자세를 취하고 있는 힘껏 나의 얼굴을 내리쩍었다.

살아있구나.

나는 깨달았다.

회개란 비는 것이 아니야. 메리야. 손바닥의 살이 온통 쓸리면서 죽도록 싹싹 비는 것을 회개라고 부르는 것이 아니란다. 천천히 밀려오는 고통. 그로 인해 나는 아직 고통을 가지고 살아가는 존재구나 하고 느끼는 것. 그것이 회개야. 고통이 용서야.

눈을 뜨자 검은 새가 허공을 가르며 날아가고 있었다. 그것은 나의 위에서 빙글빙글 돌았다.

순간 나는 메리의 말이 다시금 떠올랐다.

정말이야. 정말. 내가 바로 앞에서 본 적이 있어.

메리는 거짓말쟁이였구나. 나는 생각했다.

독수리는 먹잇감이 없으면 내려앉지를 않아.

나는 조금 슬퍼졌지만, 눈물이 나지는 않았다.

엄마는 이런 기분이었겠군요. 저 새가 언제 내 위에 내려앉을지 모르는 숨 막히는 공포와 저 새가 나의 죽음을 기다리고 있을 것이라는 끝도 없는 허무를 엄마는 매일 밤 느끼고 있었겠어요. 아무 일도 일어나지 않아서 더욱 지독하게.

새의 날갯짓은 하늘뿐만 아니라 새 자신에게 고통을 가져올 것이다. 내려앉을 자리를 찾지 못한다면 새는 어떻게 될까. 새의 날개는 더 이상 버티지 못하고 뚝뚝 끊어져 버리려나.

나는 얼굴에서 진득하고 뜨거운 것이 느껴졌다. 메리도 이런 기분을 느꼈을까.

아니다.

나는 부서지고 싶었고, 메리는 살아남고 싶었다.

아니다.

나는 살아남고 싶었고, 메리가 부서지고 싶었다.

나는 두 손바닥으로 얼굴을 쓸어내렸고, 손바닥을 내려놓자 다시 새가 보였다.

검은 새는 독수리인가 아닌가. 알 수 없었다.
나는 한 번도 독수리를 본 적이 없었다.
나는 내게 울트라펀치와 또 울트라펀치와 또다시 울트라펀치를 날렸다.
아프지 않았다.
나는 천천히 잠이 쏟아졌다.
좋은 징조야.
나는 중얼거렸다.

✦73

다음 날 엄마가 발견되었고
잇따라 내가 발견되었다.

✦74

이것은 나에 대한 이야기다.
- 저 아이는 고양이를 죽였어요. 다른 곳도 아니고 학교에서

고양이를 죽이고 전시하듯이 곧장 묻어버렸다니까요. 그게 전부가 아니에요. 매일 학교가 끝나면 자신이 죽인 고양이를 꺼내서 확인한대요. 전시라도 한다나요? 아니, 직접 본 건 아니에요. 그냥 원래 미친 애였어요. 아무나 붙잡고 물어보세요. 다 똑같이 이야기할걸요?

— 애초에 정신이 이상한 아이였어요. 도서관에 와서 컴퓨터를 빌려달라고 하더니, 솔직히 뭘 하는지 몰라서 지켜봤어요. 혹시 그때 제 개인정보라도 빼 간 것이 아닐까요? 울트라맨? 그 책도 찾더라고요. 울트라맨이 되는 것이 꿈이라면서요. 게다가 이 학교에 온 이유가 다른 학생을 폭행했다고 하더라고요. 이것도 도움이 될까요? 그런 문제아가 우리 학교에 있다는 건, 정말 걱정스러운 일이죠. 어쨌든 요즘 아이들……. 정말이지 너무 무섭네요.

— 자꾸만 엄마에게서 도망치라고 말했어요. 죽여버려 준다고 했다니까요. 저는 엄마와 사이가 좋은데. 우리는 아주 돈독하거든요. 매일 따뜻한 밥을 먹고 함께 텔레비전도 보고, 엄마는 저한테 잘해주세요. 네. 아, 이거요? 이 상처는 제가 만든 거예요. 죄송해요. 오해하지 마세요. 네? 학대라니요? 아니에요. 정말 아니에요. 엄마랑은 아무런 관련이 없어요. 아, 그러니까 자꾸 엄마에게서 도망쳐야 한다고요. 완전 망상에 빠져 있는 아이였죠.

- 세상에. 죽은 엄마와 며칠이나 같은 집에 있었다니요. 너무 너무 끔찍하네요. 그런데 어쩜 그렇게나 조용할 수가 있나요? 저희는 몰랐어요. 저희들은 저 집에 모녀가 사는지조차도 몰랐다니까요? 아버지는 어디에 갔대요? 아이가 이상했으면 진즉에 병원에 보냈어야죠. 이러다가 집값이라도 떨어지면 어떻게 할 거예요? 동네 이미지가 망가지면 어떡할 거냐고요. 뉴스에는 안 나오겠죠? 우리가 어떻게 지켜낸 집값인데.

나는 작은 방에서 가만히 그들의 진술을 읽어 내려갔다.
그들의 이름은 모두 보이지 않았지만, 나는 전부 누군지 알 것 같았다. 그들의 말투로, 그들의 표정을 한 채 한 문장씩 속아 내었다.
- 아직 어린아이일 뿐입니다. 나의 고양이를 함께 찾아주려고 했어요.
나는 그 문장을 두 번, 세 번 그리고 수십 번을 더 읽었다. 울적한 기분이 들었지만, 여전히 눈물은 나오지 않았다.
누가 거짓을 말하고 있는가.
아무렴, 나인가.
아무리 생각하려 해도 정답이 떠오르지 않았다.
조사관은 나를 지켜보다가 '어떤가요' 하고 물었다.

나는 고개를 들었다. 조사관이 나를 뚫어져라 쳐다보고 있었다.

뭐가요?

기분이 어때요?

조사관은 그렇게 말했다.

글쎄요.

조사관은 나의 다음 말을 천천히 기다렸다. 다리를 꼬거나 턱을 괴지도 않고, 얇은 손가락으로 책상을 툭툭 치지도 않은 채로.

선생님은 원소 중에 최고가 무엇인지 아세요?

조사관은 대답하지 않은 채 눈썹을 꿈틀거렸다.

사랑이래요.

조사관은 고개를 천천히, 아주 천천히 다시 숙였다. 신중하고 느린 동작이었다.

문이 열렸다. 어두운 복도에서 빛이 밀려 들어왔다. 그리고 누군가 들어왔다.

메리였다. 메리는 구김 없는 샛노란 원피스를 입고 있었고, 메리의 발목 부근에는 고양이가 있었다. 다음은 아버지였다. 작업복 차림의 아버지가 멀끔한 얼굴로 나를 향해 환하게 웃었다. 뒤이어 엄마는 제법 살이 올라있었고 비린내가 아닌 비누 냄새를 풍기고 있었다. 그리고 하나둘씩 익명의 사람들이 뒤따라 들어왔다. 그들은 모두 얼굴이 없었지만, 나는 모두가 누군지 알 수 있었다. 온전히 느낄 수 있었다.

어디선가 울트라맨의 도입부가 느릿하게 흘러나왔다. 메리가 노래를 부르기 시작했다. 엄마가 노래를 부르기 시작했다. 나는 손뼉 쳤다. 조사관도 의자에서 일어나 손뼉 쳤다. 모두가 함께 손뼉을 쳤다. 새하얀 형광등이 박자에 맞춰 깜박거렸고, 모두가 휘청휘청 춤을 추듯이 움직였다. 고양이도 메리의 몸을 타고 올라와 속삭였다. 메리가 고개를 끄덕였다.

천장이 열리고 물이 쏟아져 내렸다.

우리는 모두 그 물에 잠겼다. 숨을 참지 않아도 좋았다. 물속은 더 이상 차갑지 않았다. 그리고 모두가 입을 벙긋거리기 시작했다.

사랑해. 우주야.

사랑해. 우주야.

사랑해. 우주야.

뻐끔뻐끔. 모두가 물고기가 된 듯이.

아주 오래된 방식으로.

모두가 내 이름을 불렀고, 나는 어떠한 다정한 세계로 빨려 들어가는 기분이 들었다.

눈물이 나왔지만, 가득 잠긴 탓에 아무도 모를 것이었다. 한 번 터진 울음은 멈출 요량이 없었다.

나는 기뻤다. 이것은 기쁨의 눈물이다. 마음이 놓인 채로 울었다. 웃었다. 아주 오래전에 느껴봤을 그런 눈물이다.

나는 그들의 얼굴을 기억했다. 어쩌면 찰나를 스쳤던 사람이었고, 그림자도 되지 못할 존재였을 그들을. 단 한 사람도 빠짐없이.

나는 그들 앞으로 다가가 두 팔을 벌렸다.

나를 안아주세요.

나를 살려주세요.

나를 그저 사랑만 해주세요.

그들이 동시에 다가왔다.

✦75

괜찮아요. 나는 모두를 사랑해요. 정말로. 너무 아름다운 순간이에요.

76

눈을 뜨자 펜을 쥔 조사관의 손은 바쁘게 움직이고 있었다.

내 손은 누구의 손도 잡고 있지 않았지만, 여전히 축축했다.

조사관의 눈이 나를 향해 있었다. 그 눈을 어디서 많이 보았는데. 골똘히 생각하자 떠올랐다.

고양이 베리를 쳐다보던 메리의 눈.

하나의 형광등이 지독하게 조사관을 향해 내리쬐고 있었다. 나를 향해 내리쬐고 있었다.

무색무취의 질문 같은 것.

감각해 봐.

견뎌봐.

따라가.

하고 건네는 질문 같은 것.

조사관이 잠시 눈을 감았다.

오늘이 무슨 요일이죠?

조사관이 물었고

목요일이요.

나는 대답했다.

조금도 망설이지 않았다.

지독한 사각의 공간.

지독한 평화로움.

그리고 지독한 내가 있었다.

나는 턱을 치켜들어 형광등을 바라보았다.

이제 가도 좋아요.

나는 이곳에서 꺼내진다.

✦ 77

그곳을 나왔을 때 누군가 나의 이름을 부르는 소리가 들렸다. 정심 아저씨였다.

정심 아저씨는 눈물을 줄줄 흘리면서 달려오고 있었다. 몸은 앞으로 쏟아지고 얼굴은 주저앉고 있었다. 마치 내가 자신의 엄마라도 된다는 듯이. 도망가 버렸거나 죽어버린 고양이라도 된다는 듯이.

그리고 내가 이 세상에 남은 유일한 이방인이라는 듯이.

정심 아저씨의 손에 들린 커다란 봉지가 정심 아저씨처럼 흔들리고 있었다. 정심 아저씨는 계속 울었다. 그 울음은 소리가 아닌, 흔들림이다. 비틀거리고, 기울어있는, 오래도록 멈추지 않을 흔들림이다.

배고팠지.

정심 아저씨는 봉지 속에 손을 쑥 집어넣고는 다시 꺼냈다. 단팥빵이 있었다. 정심 아저씨가 손등으로 제 눈가를 벅벅 닦아 냈다. 곧장 퍼석한 웃음을 지었다.

너도 울어봐. 홀가분할 거야.

정심 아저씨가 말했다.

어떻게 그쳐야 하는지 몰라서요.

내가 대답했다.

정심 아저씨는 잠시 나를 조용히 바라보았다.

울음을 그치는 방법을 모르거든요. 이제 나를 달래줄 사람이 없으니까요.

내가 덧붙였다. 정심 아저씨는 여전히 붉은 기운이 남아있는 두 눈을 천천히 감았다가 떴다. 나를 깊숙이 건너보고 있구나. 그런 생각이 들었다.

내가 누군가를 대신해 살아남은 사람인 것처럼. 나를 보는 것이 아닌, 세상을 보는 것처럼. 그리고 정심 아저씨는 고개를 두어 번 저었다.

갓 태어난 아기는 울음소리로 자신이 이 세상에 도착했다는 것을 말하지. 울음은 모국어일 뿐이야. 달래줄 사람 같은 건 필요하지 않아.

 정심 아저씨는 자신에게 하는 말인지 내게 하는 말인지 알 수 없는 억양으로 중얼거렸다.

 우리는 잠시 서로를 바라보았다. 아무 말 없이. 지독하고도 다정하게. 우리는 처음부터, 그리고 앞으로도 영원히 이방인이었고 이방인일 것이므로. 그래서 나는 이제 아무것도 기억하지 않기로 했다.

 내 이름이 무엇인지까지도.

 기억할 것이 아무것도 남아 있지 않았다.

 나의 이야기는 결국 단 몇 줄의 문장으로만 남아 있을 것이었다.

 아버지의 기사처럼.

 나의 모든 것은 실패할 것이다.

 실패할 것이다.

 그제야 나는 '우우' 하고 말해 보았다.

 말이 없어졌을 때에야 다시 말을 시작할 수 있다는 것을 처음 알게 되었다.

 나는 단팥빵을 반으로 쪼개 정심 아저씨에게 내어주었다. 정심 아저씨는 순순히 건네받았다. 어떠한 약속처럼 우리는 한입 가득 단팥빵을 베어 물었다. 고소하고 달지 않은 팥의 껍질이

치아 사이사이에 끼어 들어가는 느낌. 입천장에 지겹도록 달라붙는 느낌.

메리가 자신을 파괴하는 것이 살아남는 방식이라면, 나는 이제 어디든 끼어들고 달라붙는 방식을 택하기로 했다.

단팥처럼. 이가 시릴 만큼 달지 않을 정도로.

그 느낌을 잊지 않으려 나는 천천히, 그리고 반복적으로 턱을 움직였다.

작가의 말

언젠가 이런 이야기를 쓴 적이 있다.

나의 무서움은 언제나 금붕어로부터 시작됐다. 어릴 적, 직사각형 어항에 있었던 주황색 금붕어로부터.

그때 나의 금붕어는 어항에서 살고 있었을까, 갇혀 있었을까.

모른다.

나는 그 답을 몰라 (괄호)를 쳐두었다.

그 괄호는 나에 대한 질문이자 망설임이었다.

여전히 나는 모른다.

그렇게 어느 것 하나도 확신하지 못한 채로 어른이 되었다.

확신을 말하기 위해서가 아닌, 확신하지 못한 채로도 살아가는 사람이 있다는 걸 말하고 싶어서.

모든 문장마다 괄호를 넣고 싶은 심정으로.

도망치기 위해서.

어떻게든 완성하고 싶지 않아서.

완성된 말은 지워지지 않으므로 나는 무섭다.

여전히 나는 글을 쓰는 것이 무섭다.

부끄러워서 미안했다. 미안해서 부끄러웠다. 내가 만들어낸 어떤 문장이 누군가에게 오래될 괄호가 되지는 않을까, 그 괄호 안에 멈춰있지는 않을까, 염려하는 마음이었다.

서태지의 '울트라맨이야'를 처음 들었을 때, 나는 우주를 만난 기분이었을까.

괜찮지 않다고 말해. 그래. 괜찮지 않잖아. 어때? 괜찮지 않은 것도 괜찮지?

그렇게 말을 거는 듯했다.

그것이 이 소설의 시작이었다.

이 소설을 쓰고 나서 우주라는 이름에 괄호를 주고 싶었다. 이제는 둥글게 감싸 안아줄 수 있는 커다란 괄호를.

우주였고 우주가 아닌, 어쩌면 내가 될 수도 있는 우주에게.

어떤 날에는 우주가 나보다 더 어른이었고 어떤 날에는 우리는 같은 아이였다. 우주는 무심할 줄 알았고 외로울 줄 알았다. 우주는 내가 미처 다 완성하지 못한 문장이었다. 그러므로 나는 우주를 이해하려고도, 이해받으려고도 하지 않았다.

그런 언어를 믿을 것이다.
　이제부터 괄호는 닫기 위해서가 아닌 어떤 것도 닫히지 않기 위한 것임을.
　말해지지 않는 것을 말하기 위한 언어.
　끊임없이 너와 나, 우리 사이를 반복해서 말해지는 언어를.

　우주를 세상으로 나오게 해 준 심사위원분들과 넥서스 편집부 분들께 무한한 감사를 드린다.
　여전히 부끄러워하라고, 앞으로 평생토록 부끄러워하라고 대신해서 말해주는 거라고 생각한다. 이 세상을 살고 있는, 여전히 말하지 못하는 수많은 괄호들에게 부끄러워하라고.
　이 느낌을 잊지 않으려 나는 천천히, 그리고 반복적으로 글을 쓸 것이다.

2025년 여름
신보라